Aleksander Kobylarek

21 (einundzwanzig)

Aleksander Kobylarek

21 (einundzwanzig)

zum Nachdenken

Verlag Lebensreise

Impressum / Imprint
Bibliografische Information der Deutschen Nationalbibliothek: Die Deutsche Nationalbibliothek verzeichnet diese Publikation in der Deutschen Nationalbibliografie; detaillierte bibliografische Daten sind im Internet über http://dnb.d-nb.de abrufbar.

Bibliographic information published by the Deutsche Nationalbibliothek: The Deutsche Nationalbibliothek lists this publication in the Deutsche Nationalbibliografie; detailed bibliographic data are available in the Internet at http://dnb.d-nb.de.

Coverbild / Cover image: www.ingimage.com

Verlag / Publisher:
Verlag Lebensreise
ist ein Imprint der / is a trademark of
OmniScriptum GmbH & Co. KG
Heinrich-Böcking-Str. 6-8, 66121 Saarbrücken, Deutschland / Germany
Email: info@verlag-lebensreise.de

Herstellung: siehe letzte Seite /
Printed at: see last page
ISBN: 978-3-639-70165-4

Aleksander Kobylarek

21

(zum Nachdenken)

Inhaltverzeichniss

Raum

Erwachen

Als ich die Augen öffnete, sah ich vor mir zwei verrußte Kindergesichter. Eines gehörte einem Jungen und das andere einem Mädchen. Eigentlich weiß ich nicht woher ich es von Anfang an wußte, weil die zwei Geschöpfe glichen Zwillingen, oder (wenn ich genauer sei sollte), einem geklonten Wesen, vervielfertigt, gespiegelt wie ein Abbild. In Lumpen gekleidet, schmutzig, verstaubt und versabbert, schauten sie mich mit den großen Augen eines Dreijährigen, an.

Als sie nun merkten, daß ich nicht mehr schlief, plapperten sie durcheinander los; vom Weg, von "Sauberen Früchtchen", Butzemännern, von suchen, Irrgärten, laufen im Kreis, schwarzen Messen, Eichenblättern, stechen, von Wasser und Mücken. Nichts davon habe ich verstanden, nichts davon passte zusammen, außer vielleicht der letzten drei Worte, aber auch so war ich nicht imstande weder in dem kindisch-chaotischen Geplappere einen Zusammenhang zu finden, noch daraus ein Leitthema zu erahnen aus dem ich einen Schluß ziehen konnte.

Nach einer längeren Weile von diesem unzusammenhängendem Wortschwall, als sie merkten, daß ich überhaupt nichts davon verstehe, warfen sie sich mit der Kraft eines Erwachsenen, gleich einem Kaninchen aus Monty Python, auf mich und fingen an zu beissen, an mir zu zerren und mit den Fäusten zu schlagen.

Ich hoffte immer noch es wäre ein Traum. Aber es war keiner, die Schmerzen waren Wirklichkeit. Und ich merkte, daß jeder Schlag wie eine Welle durch mein Körper eilte und klitzerkleine Risse verursachte, als wäre ich aus Glas..

Die Kleinen besetzten mich wie Flöhe, sie bissen sich hinein und wollten von mir nicht mehr ablassen. Ich konnte die weder herunterwerfen, noch abschütteln, dafür waren sie zu groß, aber weglaufen konnte ich auch nicht. Ab und zu sah ich in diesem Kampf ein kleines Gesicht vor Wut verzerrt, zusammengebissene Zähne und fliegende kleine Fäuste, und das alles in einem grossen Lumpenwirbel.

Ich wunderte mich nur – wie konnte es sein, daß solche dreckigen Lumpen überhaupt keinen Gestank verströmen, sie staubten auch nicht, es war, als hätte jemand die Lappen ausgewaschen und zurück blieben nur Verfärbungen und Verwitterungen.

Ich konnte mich letztlich nur befreien in dem ich alles von mir herunterzerrte was ich an hatte. In den Händchen und affenähnlich verkrümmten Beinchen der Kinder verblieben die zerrissenen Teile meines Hemdes und der Unterhose, in der sie sich festgebissen haben.

Zusammen mit den Teilen der Bekleidung, verblieben an deren Beinchen, der Geruch der Schläfrigkeit als Bestandtei meines Schlafgewandes, in dem ich auch tagsüber gerne stolzierte, eben wegen diesen Geruchs, der die Realität des Tages etwas milderte und schmerzloser machte.

Meine Freude aber währte nicht allzu lange, obwohl ich meine Sorge in Gestalt der zweier Rotzlöffel, die sich mit Zähnen in die Fetzen meiner Bekleidung reingebissen haben um die Schläfrigkeit auszusaugen, hinter mir gelassen habe.

Ich fühlte mich meiner nächlichen Träumereien beraubt, nackt und entgültig entzaubert.

Hinter der zugeschlagenen Schlafzimmertür hörte ich sie grunzen, quaken und jaulen.

Schon komisch, daß solche junge Wesen, man müsste meinen – unschuldige – zu solchen Bestialitäten fähig sind.

Ein kalter Schauer ging mir über den Rücken als mich der Gedanke ereilte, daß ich in der Gesellschaft dieser Biester geschlafen habe.

Mich würde es interessieren zu wissen wie lange diese schon an meinem Bett gestanden haben und sich dieses Vorhaben ausdachen wie sie mich abstreifen, erst eine geistige Attacke, dann mit Wortschwall und zu letzt körperlich..

Konnte ich micht so abgestreift den Menschen zeigen?

Vielleicht wurden andere auch bereits ihrer nächtlicher Vorstellungen beraubt und jetzt sind sie geistig so bloß wie ich.

Das hätte Sinn.

Wahrscheinlich bin ich der letzte Gerettete unter denen, die sich inzwischen zur rational vernünftigen Bestien - Nashörnen gewandelt haben.

Einerseits kann ich so abgstreift frei zwischen anderen Abgestreiften herumstolzieren ohne aufzufallen, andererseits - so ein Leben kann einem leer und....irgendwie ausgehöhlt vorkommen.

Unter der geschlossenen Tür kamen immer wieder irgendwelcher Fühler und Krallen hervor...die aber viel zu schwach waren um die Schlösser auzuhebeln und dazu verstellte ich noch die Tür mit irgendwelchen Möbeln..

Was soll ich weiter tun?

Ich befand mich in einer heiklen Lage. Ich sitze nackt vor der Badezimmertür, gegenüber die verbarrikadierte Schlafzimmertür. Ich kann nicht raus so nackig wie ich bin und alle meine Klamotten sind im Schlafzimmerschrank, dort kann ich aber nicht herein. Würde ich reingehen reißen sie mir nicht mehr das Angezogene herunter sondern das blosse Fleisch.

Ich schob einen Schrank zur Seite der die Schlafzimmertür versperrte und schaute durch das Schlüsselloch. Das Schlafzimmer war total zerstört, die Bettbezüge waren in Fetzen und deren Innenleben verteilt im Zimmer. Der Putz von den Wändern wurde runtergekratzt, und die Kleinen versuchten sich gerade gegeneinander umzubringen. Schon komisch, daß die kindliche Ungeschicklichkeit der Bewegung sie nicht hinderte diese Verwüstungen zu veranstalten.

Als einer von ihnen mit der Geschicklichkeit eines Äffchens zur Tür sprang, warf ich mich zurück. Leider war gleich hinter mir die Badezimmertür.

Ich schlug mit voller Wucht mit der Wirbelsäule und mit dem Kopf gegen die Türzarge.

Als ich wieder bei mir war, ist mir bewusst geworden, daß mein Körper in abertausende von Stückchen zersprungen war – wie eine Glasscheibe.

Das war der Sieg.

Die Kinder konnten mir nichts mehr antun und das körperlose Bewusstsein war für sie total unsichtbar.

Subjektive Erdkunde

Das Dorf hatte seine eigene Geschichte. Diese Geschichte war so lang wie lang das Gedächtnis des ältersten Bwohner war.

Der Rest war Legende die zunehmend in der Dunkelheit verschwand, so daß man nicht mehr sagen konnte was Wahrheit und was Dichtung war.

Das Dorf hatte auch seine Vorstellungskraft.

Manche der Menschen hatten Verwandte in den umliegenden Dörfern, aber die Vorstellungskraft eines Durchschnittsbauern reichte nicht weiter als die Phantasie eines Kindes; zwei-drei Dörfer nördlich, zwei-drei Dörfer südlich, ein paar Dörfer östlich bis zur der grösseren Stadt mit den wichtigsten Ämtern, und einige Dörfer gen Osten, bis zur der nächsten Kleinstadt die das Amtsgericht, den Wochenmarkt und das Gymnasium beherbergte.

Weiter musste man sich nicht auskennen, es gab keinen Grund sich dort auszukennen, es sei denn, daß einer weiter weg arbeitete, aber diese wenigen Menschen konnte man an den Fingern einer Hand abzählen. Ausserdem hatten diese nicht viel gemeinsam mit den Dorfbewohnern, sie sprachen nicht deren Sprache und hatten unter den Hiesigen keine Bekannten. Sie hätten sogar von den Ausserirdischen entführt werden können, es hätte dieses keiner bemerkt und wenn, dann hätte es keinen interessiert.

Das Dorf hatte sein eigene Bühne. Auf dieser spielte sich der Wettkampf der Bestialität, gepaart mit dem heroischen Kampf ums Überleben, ab. Diese gewöhnlichen Helden des Alltags streckten sich tagtäglich nach der Decke um zu überleben.

Sie waren ungewöhnlich harde Menschen, die erst ihr wahres Wesen im Kampf mit den Widrigkeiten der Natur zeigten. Grausamkeit den anderen Lebenswesen gegenüber war so ein natürlicher Zustand wie das trinken von Brennspiritus statt Schnaps (den sich hier eh keiner hat leisten können), oder auch Gehorsamkeit erzwungen durch Hiebe bis hin zum Tode. Manchmal reichte diese Gehorsamkeit nicht aus um zu überleben, aber es waren nur wenige Vorfälle von Totschlag im Affekt, die nicht mal wert sind diese hier zu erwähnen.

Das älteste Ereignis, daß in der Erinnerung des Dorfes geblieben war, war die Bombardierung durch deutsche Flugzeuge im Jahre 1939. Damit dieses auch in Erinnerung blieb, stand an der Stelle dieser Tragödie ein Mahnmal für die Opfer der Bomben, bei dem die Pfadfinder zur jedem Jahrestag dieser Tragödie eine Gedenkstunde und Mahnwache hielten. Als die nachfolgenden Generationen nach diesen Ereignissen nachfragten, erzählten ihnen die Frauen von den hübschen polnischen Ulanen, die keine Chance zur Flucht hatten und deren Innereien die Felder, Häuser, Wiesen, Bäche und vor allem die Bäume schmückten, von denen sie gespenstisch herunterhingen und Symbole für die kommenden Zeiten werden sollten, die Polen bald einholten.

Die Bauern sammelten diese ein, zusammen mit den Überresten der Pferde und bestatteten alles zusammen in einem Sammelgrab.

Zu diesen ältersten Erinngerungen zählten auch die Erzählungen des Vaters, der wiederum vor dem Hagel der russischen Bomben, am Ende des Weltkrieges, als Jugendlicher, aus einer deutschen Schweinemast floh, auf deren er Schweineknecht war.

Der Anfang dieser Bombardierung war für ihn ein Zeichen, daß es an der Zeit war einem Schwein der Kragen umzudrehen, dieses Stück deutschen Wohlstands auf einen Schubkarren aufzuladen und als ungewöhnliches Hochzeitsgeschenk für die zukünftige Schwiegermutter, mit heim zu nehmen. Die Absprache zur Heirat stand schon seit Jahren fest, die Tochter war damals erst 10 Jahre alt, was aber kein Hindernis war, da er eh erst mit der polnischen Armee, die aus dem Osten drängte, ziehen wollte. Was heisst hier "wollte". Er musste. Die Russen machten da einen kurzen Prozess.

Er selber war ein Glückskind. Auf dem deutschen Gut kam es schon manchmal vor, daß die Deutschen einen Knecht zu Tode schlugen, aber er selber überlebte diesen Bauernhof, die russischen Bomben und bis Berlin kam er auch nicht, da inzwischen der Krieg zu Ende ging.

Eines der grössten Ereignisse der Nachkriegsjahre war die Enteignung der Bauern und die Verhaftung dieser, die mit ihren Abgaben, gegenüber dem Staat, nicht nachgekommen sind. Die eigenen Leute misshandelten auch nicht minder als früher die Deutschen. Der Großvater, nach einigen Monaten der Haft, in Dreck, Gestank, versifft, verlaust und krank, weinte wie ein Kind und bat die Großmutter das fehlende zur Abgabe Getreide, von den Nachbarn zu borgen und ihm damit die weitere Haft zu ersparen. Der Großvater kehrte aus dem Gefängnis heim, aber seine Sehkraft an einem seiner Augen war für immer verloren, zerstört durch die Peitschen der Milizen.

So war der Mittelpunkt. In der Familie fand man keine Unterstützung, sondern nur karges Brot und ein Dach überm Kopf. Alles andere musste sich jeder selber besorgen. An jedem Misslingen war man selber schuld. Die Reichen mit reichlich Grund und Boden gesegnet suchten sich arbeitsame Ehefrauen, mit denen pflügten sich ihr Anwesen, bis deren Schönheit und Jugend dahin waren. Den Armen suchte das Schicksal die Frauen aus und auch die ungewollten Schwangerschaften.

Dieser Grund und Boden bedeuteten Schufterei, Mühsal und Plackerei.

Der Norden, in der Vorstellung der Bauern, endete in einer Ortschaft in der ein Werksbetrieb beheimatet war. Wohl der grösste in der Gegend. Die Menschen die dort schafften waren wortkarg. Wir vermuteten, daß in diesem Betrieb Dinge geschahen die nicht mit rechten Dingen zugingen. Viele Jahre später erfuhr ich, daß dort medizinische Versuche stattfanden, die aber nie gelungen sind. Die dort beschäftigten Landarbeiter hatten Alpträume, Wahnhvorstellungen und soffen immer mehr, bis zum Rauswurf aus diesem Betrieb oder bis zum Tode.

Weiter waren nur noch Felder, das Haus des Schulleiters das aus Hohlziegel erstellt war und nie verputzt wurde und ferner nur noch Felder auf denen, vor allem im Winter, Schneetreiben wie auf dem Nordpol, stattfanden. Ich liebte diese Schneewehen und den Frost, vielleicht weil sie so natürlich und emotionslos waren.

Die Vorstellungsgrenze vom Süden bildeten die Bebauungen entfernter Verwandter. Angeblich stammten alle Vorfahren der Familie Schwanz eben aus dieser Gegend. Viele waren auf diesen Namen stolz. Für mich war es ein Fluch. Durch diesen Namen wurde ich zum Schuldeppen auserkoren worden, auf mich wurden Hunde gehetzt, bin zum Ratten-Schwanz ernannt worden und zum Gespött aller Dorftrottel. Ich bin mir nicht sicher wer hier grausamer war; die ausgehungerten Dorfköter, die einem an die Wade gingen und bis an die Knochen bissen oder die entarteten Kinder die nur die Gerte und die Fäuste kannten.

Ich erinnere mich an meinen besten Freund aus diesen Tagen, mit dem ich all meine Freizeit verbrachte. Wir lungerten in den Mooren herum, spielten Kowboy und Indianer und vor allem machten wir Jagd auf Wasserratten. Herumlungern ist aber zu wenig gesagt; für 10-Jährige war eine Jagd der Sinn des Seins und nach vielen Überschwemmungsjahren gab es genügend Wasserratten für eine mühelose Jagd. Die getöteten Ratten wurden von meinem Freund oder auch seinem Vater gehäutet und zur Währung für Brennspiritus gemacht.

Eines Tages fand man seinen Vater tot. Sein Mund war graugrün, die Haut blau, damit stand fest – er hatte sich mit Brennspiritus zur Tode gesoffen.

Unsere Spielereien beendete ein Spiel. Oder das was sich nach dem spielen ereignete. Mein Freund wohne in einer Kate hinter dem Dorf, tief versteckt im Wald.

Die Rückkert aus dieser Kate ins Dorf nahm mir eine Stunde Fußmarsch in Anspruch.

Gerade als ich bereits aus dem lichten Wald rausgehen wollte, höre ich knacksen im Unterholz. In meine Richtung rannte mein Freund, wedelte mit den Armen, gab mir Zeichen zum Anhalten. Er strahle von Ohr zur Ohr. Ich blieb stehen.

Er rannte auf mich zu und knallte mit voller Wucht in mein Sonnengeflecht. Meine Knie wurden weich, ich brach zusammen und blieb im Nadelbett liegen. Die Anspannung aller meiner Muskeln kontrastierte mit der Weichheit der Unterlage.

Ich rang nach Atem und dachte meine letzte Stunde wäre geschlagen, ich sterbe.

Und ich sah in diesem Moment wie sich mein Freund sorgenlos entfernte.

Meine Entscheidung stand in diesem Moment fest: ich muss weg aus diesem Dorf.

Ich muß diese Wehrwölfe hinter mir lassen, die sollen sich untereinander fressen.

Vielleicht kehre ich irgendwann mal zurück um diese zu erledigen, die übrig bleiben werden. Vielleicht auch eine Feuerbrunst über all dieses oder alles in Blut zu ersaufen. Wenn es mir gelingen wird zu überleben.

Ich fuhr weg um zu studieren, kehrte in das Höllendorf lange nicht zurück.

Ich kam erst wieder als ich bereits ein angesehener Arzt war, und da hätte keiner mehr den Mut gehabt mich um irgendetwas zu beschuldigen.

Ich kehrte nur für einen Moment zurück; um aufzuspüren, zu häuten und um die Körper den Ameisen, Waldvögeln und Wasserratten zu überlassen. Auch sie sollen Vergeltung erfahren.

In mir ist kein Mitfühlen und kein Verzeihen. Dafür habe ich Bestimmungen für die Koordinaten in meiner eigenen Gedankenkarte.

Zeichen

Als ich in der Früh aus dem Bett gestiegen bin, ging ich zum Fenster um die Vorhänge aufzuziehen.

Der Himmel war verzogen.

Es war aber komisch, etwas passte hier nicht zusammen; der Tag war sonnig, der Himmel trotzdem bedeckt.

Der Kirschgarten der wild unter meinem Fenster wuchs und die darauf reifende Kirschen sahen blutrot aus. Alles war sonnendurchflutet.

Erst nach einer Weile merkte ich – die Wolken passten überhaupt nicht zu diesem Tag, und nicht umgekehrt.

Die Wolken waren irgendwie künstlich, als wenn sie am Himmel – der wie ein riesiger Bildschirm auf die Menschen wirkte - angeklebt wären.

Und da war noch eine ungewöhnliche Sache, eine Wolke, die am weitesten am Himmel hängte, mir aber am tiefsten vorkam, sie war ganz schwarz und sah aus wie eine Gewitterwolke. Sie hatte die Form eines mittelalterlichen Ritters, zwar ohne Beine, aber mit voller Ausrüstung und mit einem Helm in Form eines Topfest der auf seinem Kopf sass.

Eigentlich war es eine Kreuzung aus einem Ritter und einem Hammermann, der mit einem Schreinerhammer in eine Leere am Himmel einschlug, als wenn er sie zermalmem, total klein hächseln wollte.

Ich schaute eine Weile auf diese Erscheinung und fing an mich weiter anzuziehen. Als ich mich umdrehte, erschien es mir, als wenn die Hand des Ritters sich etwas verschob, als wenn sie wirklich jemanden mit dem Hammer schlagen wollte.

Ich dachte es wäre nur eine Täuschung und machte mich weiter fertig um meinen Zug zu erreichen.

An der letzten Bahnstation haben mich bereits alle erwartet; die Familie, Freunde und meine Braut. Zwei Treffen gleichtzeitig. Ein Teil der Freunde wollte in die tschechischen Berge. Ich sah sie waren gut vorbereitet: Wanderstiefel, dichte Jacken und vollgestopfte Rucksäcke. Diese Gruppe setzte sich auf die Bänke am Bahnof und beschäftigte sich mit sich selber, wie Camper eben so an sich haben – gut ausgestattet, in Tarnfarben und mit einer Mischung aus Konzentration und Ignoranz gegenüber der Umgebung.

Ich verabschiedete mich und beneidete sie um ihren Spaß, um die eiskalte Morgenbergluft die sie erwartete und die ich so liebte, Morgentau, Sonne, Bergbäche und die herrlichen Aussichten...

Bestimmt fahren sie in ein Steindorf oder sie werden von Hütte zur Hütte wandern, ohne Eile, ohne Ziel oder auch ohne Frühstück....Ehh....

Ich ging zu dem Mädchen, wir sprachen ein paar Worte.

Das war wohl die richtige Zeit für eine Hochzeit; wir lasen uns bereits in den Gedanken, wur mußten fast nichts mehr auszusprechen um zu wissen was der anderer meinte. Wir dachten sogar in gleichen Sätzen. Es war manchmal schon lustig, wir dachten beide den gleichen Satz und einer sprach diesen aus. Wir vergassen, daß doch der anderer gerade genau das gleiche dachte. Wir lachten sehr oft darüber.

Ich ging zum Schwiegervater rüber, der sah aus wie ein Professor der Polonistik. Er diskutierte gerade verbissen mit seiner Frau.

Von dem was ich hörte, verstand ich daß er soeben unsere Unterhaltung stören wollte, gerade als wir uns über den "Thais" unterhielten (in Wirklichkeit rederten wir über einen ganz anderen Film "Tabu").

Ihm gefiel nicht, daß meine Braut (und seine Tochter), von diesem Film überhaupt nicht angetan war, sie fand den Film mißlungen und die Hauptrolle psychologisch uneinheitlich.

Der Schwiegervater ist wütend geworden, er empfand diesen Film als einen der interessantesten in der polnischen Kinogeschichte, Kinga aber zeriss diesen in Fetzen.

Schon wollte er unser Gespräch unterbrechen, damit er ihr sagen konnte: "wenn du keine Hochzeit möchtest dann bitte sehr. Wir fahren heim. Du wirst mir aber keinen Blödsinn reden, daß "Thais" dir nicht gefällt".

Wir beendeten schnell unser Gespräch, so daß der Schwiegervater seine Drohung nicht erfüllen konnte.

Ich kapierte, daß dem Schwiegervater die Filme durcheinander geraten sind. Und er nahm diese aus einer typischen männlichen Sicht wahr. Der Film war nicht gerade aus dem oberen Regal, aber er regte die Phantasie eines Pubertierenden an. Schon alleine die Dirne, die mit ihrem Aussehen den Täufel zum lesen der Bibel hätte bringen können...Ich kann mich an diesen Film gut erinnern und wußte was der Schwiegervater so dachte...

Nach den Feierlichkeiten kehrte ich alleine in mein kleines Dorfhaus zurück. Ich kam erst um 4 Uhr in den Morgenstunden heim, also schlief ich ausgiebig. Ich stand gegen 12 Uhr auf (es war wohl erst das zweite Mal in meinem Leben, daß ich so lange geschlafen habe).

Ich ging zum Fenster und sah vor unserem Tor eine Menschentraube stehen, die in den Himmel sah. Die Menge fuchtelte angeregt mit den Händen, stritt und fotografierte. Gut, daß sie wenigsten unse Kirschen in Ruhe liessen, so sehr waren sich mit ihren Sachen beschäftigt.

Ich suchte am Himmel nach dem was die Menschen so beschäftigte und sah den Ritter am Himmel. Aber eigentlich was es kein Ritter mehr, sondern erinnerte an die Formen eines Spielzeugautos. Mir kamem Verknüpfungen mit den mystischen Schwarzen Wolga's in den Kopf.

Nein, die Form war doch nicht ein Spielzeugauto, der Schwarze Woga war doch mehr stromlinienförmig.

Ich fuhr zum wiederholtem Mal in die Stadt. Dieses Mal um etwas über die ungewöhnliche Erscheinung zu erfahren, die immer mehr Menschen zu interessieren schien.

An der Endstation der Bahn wartete auf mich ein Melex. Hinterm Steuer sass der Fahrer. Ich setzte mich hinein. Keiner fragte nach einer Fahrkarte oder nach der Bezahlung. Es war ja, außer mir und dem Fahrer, auch keiner da.

Als wir losfuhren fing der Fahrer über die seltsame Himmelerscheinung zu sprechen an. Seiner Meinung nach war der Himmel ein Bildschirm und die Erscheinung eine Art von Film über unsere Zukunft. Mann bräuchte nur einen Schlüssel um diesen Film richtig lesen zu können. Und er sagte er wäre im Besitz eines solchen Schlüssel und könne uns auch die einzelnde Elemente dieses Filmes deuten.

Es stellte sich heraus, daß das was ich am Himmel erblickte nicht alles war. Seit einiger Zeit schon erschienen verschiedene Bilder am Himmel, die sich zur einer logischen Folge einer Art von Film, zusammenfügte.

Nach Meinung des Fahrers könnte er mir den Sinn dieser Reihenfolge vorführen, ich müsste vor mich nur hinschauen um das zu sehen was andere schon am Himmel bereits sahen.

Ich konzentrierte mich auf den Ton und das Bild. Also, daß was bis jetzt am Himmel in 2D erschien, sollte ich in 4D sehen (also drei Dimensionen + Realzeit), oder einem anderen Format.

Wir fuhren durch die Posener Altstadt. Der Fahrer erzählte mir von bürgerlichen Ruhe, der Lage, der Sparsamkeit, der Ordnungsliebe und Arbeitsamkeit. Er zeichnete das Bild eines ordentlichen Großpolnischen Bürgers und der Mühe vieler Generationen auf dem langen und mühevollen Weg zum Erfolg und Wohlstand.

Als wir an dem Gebäude der Universität vorbeifuhren, begann der Fahrer über die Humboldt-Idee zu schwärmen und über das allgemeine Bildungswesen.

Als ich daheim angekommen bin grübelte ich immer noch über das was mir der Fahrer erzählte. Und ich sah, daß die Wolken immer dichter und dunkler wurden, es zog ein schweres Gewitter auf.

Die Weissagungen des Fahrers überzeugten micht überhaupt nicht. Entweder war er ein Hochstapler der seine Überzeugungen den Menschen verkaufen wollte oder er glaubte wirklich an diesen Stuss.

Aber ganz gewiss besass er keinen Schlüssel.

Die Welt. von der der Fahrer gesprochen hat, wurde langsam zur Vergangenheit. Sie sollte anscheinend sterben wie die Dinosaurier – eines gewaltsames und quallvollen Todes, in Krämpfen und Schwund. Es zeugten davon die immer stärker wirbelnden und dunkleren Wolken, die Finsternis, Gewitter und Hagelschauer brachten...oder auch ein Feuerregen über den ganzen Planetem.

Die einzige sinnvolle Frage die ich in diesem Moment stellen konnte war: wieviel Zeit ist der Erde noch geblieben. Und auch vielleicht: schaffe ich noch heim?

Ein ganzer Tag verloren

In der Früh hatte ich in der Hochschule Beratungen. Es war wie immer – es ist keiner gekommen.
All diese Beratungen – die Idee und der Zwang zur Durchführung – sind sinnlos. Naja, aber ich verteile hier nicht die Karten.
Der Herr befiehlt, der Diener gehorcht. Und da der Herr ein völliger Idiot ist, sieht der Diener dadurch auch nicht besser aus.
Aber solange der Herr fürstlich bezahlt, wird der Diener keinen Aufstand proben.
Und im Übrigen – was bedeutet Ehre, Rechtschaffenheit zu sich selbst, oder eine Mission....schade um die Worte.
Schon früher merkte ich, daß die Stundenten nach Wirkung handeln; wenn kein Nutzen dabei rauskommt, lassen sie es lieber bleiben.
Ehrenamt, Freiwilligkeit, Aufopferung, das ist was für moralische Eliten...und in der Masse geht die Elite unter, sie passt sich dem Mop an und übernimmt deren Gewohnheiten (sagen wir mal ehrlich), also Rohheit und Sittenlosigkeit. Sie erwarten nicht viel, sind mit blossen Erkennungszeichen von Informationen schon zufrieden.
Als ich nach der Beratung das Gebäude verlasse wollte, hielt mich die Sekretärin an und sagte, der Rektor möchte mich sprechen..........hmm......Der Rektor - die sagenumworbene Gestalt- die ich noch nie im Leben gesehen habe, obwohl ich schon seit zehn Jahren hier arbeite....bin mal gespannt was diese geheimnisvolle Gestalt von mir möchte.....
Ich wurde ein Stock höher, in sein Büro geschickt. Die Tür war nur angeleht, es sah einladend aus.
Ich ging herein, war mir aber nicht sicher ob es erwünscht war..
Überraschung! Der Raum war leer!
Keine Assistentin, kein Rektor, keine Besucher...
Der Raum sah aus wie ein Verschnitt von einem Zug-Saloon und einem Spielzimmer im Kindergarten; entlang der Wände standen puffige Sofas, die Einrichtung war ein Durcheinander von Schulhilfsmitteln, Spielzeug, Urkunden an den Wänden und irgendetwas was einem Schreibtisch ähneln dürfte. Den Boden bedeckten weiche Teppiche in Pastellfarben und alles schön vermischt - Rosen mit verschiedenen Braun-Blau-Grau- und Beige-Tönen. Der stärkste Ton war hier Ocker.
Ich setzte mich in einen dieser Sitzpuffs und wartete..
Es vergangen Minuten, es tat sich nichts.
Nach einer Weile des Wartens ging ich herunter, wollte mich vergewissern ob ich doch vor dem Büro warten sollte, oder im Büro und ob der Rektor wirklich mich erwartet.
Alles stimmte – er wartet (d.h. jetzt ist er nicht da, aber er wartet, wohl mental, man könnte auch sagen metaphysisch, ist nur jetzt gerade beschäftig und ich muß geduldig bleiben)...
Ok.
Ich ging also zurück in sein Büro.
Stunden vergingen........vielleicht hat es einen Grund weshalb eine Wanduhr fehlte....besser den Antragsteller nicht nerven...vielleicht hat er ja gerade keine Armbanduhr dabei und er weiß nicht was geschlagen hat, und die weiche Polstergarnitur, die Schulhilfsmittel und das Spielzeig sollten doch die Warterei angenehmer machen, die Enttäuschung, den Schmerz des Wartens...
ich nahm ein Buch raus und begann zu lesen....
Nach ein paar Stunden, als ich gerade die "Abenteuer" des Joseph's K. beendet habe, betrat das Büro eine Schar mir total fremder Menschen die mich komplett ignorierte.
Sie schwatzten, machten Spaß und befassten sie mit irgenwelchen Blödsinn, der überhaupt keinen Zusammenhang mit diesem Büro, auch nicht mit dem Rektor oder dem Studium, hatte.

Sie machten den Eindruck von alten Bekannten für die die Zeit keine Rolle spielte. Sie benahmen sich wie Daheim...im Garten beim Picknick, oder so ähnlich...
Meine Frage nach dem Rektor verblieb unbeantwortet, als wäre ich überhaupt nicht vorhanden.
Mir blieb nur weiter zu warten übrig.
Nach einiger Zeit betrat das Zimmer ein Mensch, in einem – ähnlich meinem – unbestimmten Alter. Äusserlich eine Kreuzung aus Schlaumeier und Dozent.
Im gewissen Sinne wie ein Spiegelzerrbild meines eigenen Alter Ego.
Er setzte sich auf den Boden, lehnte sich an die Wand, streckte seine Beine aus, so daß alle achten mussten, damit sie ihn nicht anrempelten, und fing an aus einem Buch vorzulesen.
Anhand des Einbandes wurde mir schnell klar, daß es irgendein Methodik-Fachbuch war......also ist er ein Methodiker...also bin ich hier wahrscheinlich nicht um meine Konkurrenz kennenzulernen und um eine einzig mögliche Entscheidung zu treffen, eine Entscheidung über eine Aufzeichnung meiner Vorträge, was für mich total unrentabel wäre, für diese würden sie mir doch nur einen Hungerlohn zahlen.
Und wiederum wenn ich diese nicht bereit wäre aufzuzeichnen (die Anwesenheit dieses Menschen sollte mir wohl die Gewissheit geben), bekomme ich überhaupt keine Vorträge zugeteilt, dann würde wohl dieser komischer Kauz diese Vorträge übernehmen.
Meine Überlegungen wurden durch den Eintritt des Rektors unterbrochen.
Zur meiner Überraschung ähnelte der Rektor dem Aussehen nach dem Methodiker. Es unterschied ihn nur eine Kleinigkeit – der Methodiker trug eine Hornbrille. Diese inzwischen seltene Brillen verleihen dem Menschen das Aussehen eines Intellektuellen Oppositionellen der 80-ger Jahre.
Es geschah nichts, als wenn der Rektor überhaupt nicht da wäre, als wäre es nicht sein Büro..
Nur beim Eintretten warf er mir einen kurzen Blick zu, schüttelte den Kopf in Richtung des Methodikers und sagte:
- das ist ein Methodiker
und verließ gleich wieder den Raum.
Der Methodiker begann irgendwelche qualvollen philosphisch-methodischen Überlegungen. Aus diesem Gelabber entnahm ich nur, daß Studenten, die aus diesem Fach eine 3 oder darunter bekommen, werden immatrikuliert.
Die Ausführungen beendete er mit der Spannung – auf etwa 2 Meter Höhe – einer Leine, die quer durch das Büro führte, er balancierte auf dieser und las uns weiter aus dem Fachbuch vor..
Der Beifall der Anwesenden und die Unsinnigkeit der Situation stieg an..
In diesem Moment änderte sich in meinem Bewusstsein das Zimmer, es verzog sich, verändert seine Formen..
Das Zimmer betrat wiederholt der Rektor, und tat, als ob er die ganze Situation nicht wahrnehmen würde (oder vielleicht war ihm diese schnurz), er nahm mich unter den Arm, führe mich – gleich einem Imperator der seinen Gast, den lieben König aus Fern, zum Fenster führte um ihm die wunderbare Ansicht seines Imperiums zu zeigen)...Aus dem Fenster sah man aber nur eine baufällige Garage, aus der wohl bereits der letzte Mechaniker das Reißaus genommen hat, irgendwelche Bäume, wildwachsende Sträucher und Unkraut, und die Ruine eines Speichers, die den weiteren Blick versperrt hat.
Er schaute aus dem Fenster in die Ferne und sagte tief nachdenkend:
- unser Methodiker ist sehr gut.
Dann schaute er mir tief in die Augen...unser Blick traf sich für einen Moment und ich sah darin die Mischung aus Wut, Ironie und Abneigung.
In diesem Moment kam auf uns jemand zu, der sah aus wie die Sekretärin des Rektors, allerdings war es ein Mann.

Der Rektor heuchelte Besorgnis und fragte:
- Dieser Herr wartet schon lange?
- Sieben Stunden, antwortete der Sekretär
- O! Drei Stunden mal zwanzig Minuten, das ist nicht allzuviel !
Ich verstand daraus, dass der Rektor in seiner Antwort die 20 Minuten herausstellen möchte, und die 3 Stunden einfach so, ohne Sinn und Verstand, erwähnt hat.
Kein Wort zum Thema daß ich so lange warten mußte.
Es blieb mir nichts anderes übrig als ein französischer Abgang.
"Haben Sie Acht! " rief er mir zum Abschied zu.
Ich mußte mich nicht umdrehen, um mir die Mischung aus Wut, Ironie und Abneigung vorstellen zu können Sie war immer vohanden. Sie war das Wesen dieses Büros und dessen Rektors.

Urlaub

Sengende Hitze, schwül, die Luft ist dick und voller Gerüche von dem Gewürzmarkt.

Der Tourist, der die Enge der mittelalterlichen Bauweise des alten Istambuls nicht gewohnt war, kurvte wunderlich mit dem geliehenen Auto, in diesem verrückten Verkehr, voller Staus, Mißachtungen der Vorfahrt..... ein Antatschen an die Rikscha eines Zustellers war nicht zu vermeiden. Zu allem Übel unter den Augen von Rumcajs, dem Polizist, der äußerlich eher einem Ganoven, als einem Ordnungshütter, glich.

Aber, über Ordnung, in der Gegend des Marktes zu reden, wäre eh ein Mißbrauch dieses Wortes.

Der Polizist schaute grimmig und brüllte in Richtug Fahrer, dabei fuchtelte er wild mit den Armen, strampelte mit den Füssen und rollte die Augen.

Das Ganze wäre sogar lustig, stände nicht dahinter das Unheimliche: die Verleihfirma des Autos wird nach Geld schreien für das "schrecklich" beschädigte Fahrzeug, vielleicht buchten die Türken sogar diesen Mann für 24-Stunden ein.

Der Polizist tobte weiter.

Es sah so aus, als daß die Kratzer an der Rikscha den westlichen Touristen, teuer zu stehen kommen würden.

Der dicke und bärtige Rikschafahrer kam hinzu. Er war so um die Fünfzig und hatte eine schlafende Katze am Arm.

Er schaute auf die Gefährte, auf den Fahrer, zum Polizist, dann knalle er dem Letzteren ans Ohr;

Er sprach in flüssigem Englisch und sagte es wäre nichts passiert, der Polizist wäre kein Echter, sondern ein am Markt bekannter Gauner, der den Touristen das Geld aus den Taschen ziehen wolle, daß die Verleihfirma den Tatscher am Auto nicht mal bemerken würde und die Rikscha eh überall Dellen hätte, es wäre alles kein Problem, er solle sich fühlen wie daheim.

Die Unsicherheit verflog aber erst, als er das strahlende Gesicht des Verleihers, hinter sich gelassen hatte.

Am nächsten Tag, an der gleichen Stelle verursachte eine finnische Familie einen noch grösseren Aufruhr als dort sonst üblich herrschte.

Das Treffen mit dem Pseudo-Polizisten begann mit dem Mecken der Finnen über die türkische Organisation, über die Küche, über deren Unzuverlässigkeit, Unpünktlichkeit und sogar über die herrenlosen Katzen, zerkratze Autos..

Diesmal griff der Rikschafahrer nicht ein. Er beobachtete nur, bis echte Polizisten die tobenden Skandinavier einsackten. Sein Gesicht zeigte keine Regung.

Lebensraum

Ich erreichte einen bedeutenden Posten.

Ich hatte alle was man sich so wünschen konnte......und plötzlich kamen Ämter auf mich zu und ermahnten mich um Geld, das ihnen nicht gehörte.

Ein Schreiben jagte das nächste, von einer Auslegung der Vorschriften zu anderer, durch einen untergeordeten verbeamteten Halsabschneider.

Am Ende nahmen sie mir alles.

Plötzlich kam ich in die Lage, daß ich, einer der reichsten Menschen im Land, mir nicht einmal mehr einen Anwalt leisten konnte, der mit dem letzten Urteil, in Berufung gehen würde.

Es gibt immer einen Ausweg. Ich hätte das Gerichtsgebäude mit Brandsätzen bewerfen können, oder auch das Finanzamt. Ich hätte mich unter die S-Bahn werfen können, oder auch alles abwarten und von Neuem anfangen.

Ich hätte mich mit einer Organisation Durch-Den-Staat-Beschädigter, zusammenschliessen können, oder auch eine solche gründen. Ich hätte........angeblich hätte ich können...

Ich wählte einen ganz anderen Weg.

Als Erstes verbrannte ich meine Ausweispapiere.

Dadurch wurde ich ab sofort ein Nicht-Bürger, und damit auch in gewisser Weise ein Nicht-Mensch.

Als Nächstes ging ich von daheim raus, genau nur mit dem, was ich am Leib anhatte.

Ich suchte mir ein Gartenhäuschen, in etwa in der Mitte einer Laubenkollonie, genau dort, wo die ungepflegtesten Gärten lagen.

Ich räumte die Bude etwas auf und überlegte wie lange ich es hier durchhalten könnte.

Ob ich hier früher auf eine Krankheit sterben würde, die ein normaler Mensch in ein paar Tagen auskurieren vermag, oder ob ich eher vom Gartenbesitzer gefunden und verscheucht würde.

Sehr schnell nahm ich Abstand von der Zivilisation. Sie hat mich betrogen, durch die Mangel gezogen und wieder ausgespuckt wie einen alten Lumpen.

Ich verluderte schnell und ähnelte mehr und mehr einem Bär als einem Menschen.

Recht schnell bekam ich Probleme mit meinem Gebiss. Die Zähne verotteten, vereiterten, ich musste sie, ohne jegliche Betäubung, selber entfernen. Es ist bemerkenswert welches Ideentum in einem Menschen schlummert, wenn er von Schmerzen übermannt wird.

Nicht alle konnte ich mit der alten aber bewährten Methode aus der Kindheit, entfernen; anbinden und mit einer Schnur an der Türklinke befestigen, dann mit aller Kraft gegen die Tür zu treten; oder aushebeln und drehen mit einer verrosterten Zange...

Einen Teil musste ich mit Steinen herausschlagen und mit der Kneifzange herausziehen, manchmal auch mit Teilchen des Körpers.

Zu meinem Glück hat sich der Körper bald selber gereinigt.

Der Anzug in dem ich damals mein Haus verlassen habe, wurde schnell glanzlos und zerfetzt. Das Jackett wurde bald zum Kodder, wie bei einem Penner, die Hosen sahen aus wie eine Lumpen-Karikatur – nur noch Löcher und Fetzen.

So ein bärtiger Bär in Fetzen von Anzug, das war schon ein komisches Bild. Und erschreckend fremdartig für alle anderen.

Also bewegte ich mich nur noch bei Dunkelheit und vermied damit, um jeden Preis, das Antreffen mit anderen Menschen.

Die Nachtwelt schien wie für mich erschaffen.

Ich konnte, in Gesellschaft wilder Katzen, herrenloser Hunde und der auf alles gleichgültiger Ratten, die nachts die Kontrolle über die Stadt übernahmen, alle dunklen Ecken der Stadt, genau untersuchen.

Keines dieser Tiere schenkte mir Beachtung, für die schien ich einfach dazugehören.

Ich war nicht der einziger Bewohner des Gartenhäuschens.

Schon vor mir bewohnten es Spinnen, Weberknechte, eine ganze Scharr von kleinen Panzertieren deren Namen ich nicht mal kannte, und sogar ein Spatzenschwarm unter dem Giebel.

Es wäre nicht gerecht, wenn ein Hausgast einen anderen Hausgast vertreiben würde, also musste ich mir, irgendwie, das Leben mit dieser ganzen Bagage, einrichten.

Ich bräuchte nicht viel Platz, also wozu sollte ich mir da Ärger mit den restlichen Bewohnern anschaffen und wozu sollte ich auch die Viecher verärgern...

Also bildeten wir zusammen, mit all den Käfern, Spinnen und dem restlichen Ungeziefer, einen recht friedlichen Haufen.

Das alles ging ein paar gute Jahre.

Bis es für uns alle recht eng wurde.

Irgendwann gesellten sich wilde Bienen dazu. Im Allgemeinen nichts Schlimmes; ich hatte Honig und die schmerzlichen Stiche beeindruckten mich kaum.

Später, bezog auf einem naheliegenden Pfosten, eine Storchenfamilie das Nest.

Mit ihrem Geklappere unterbrachen sie die Eintönigkeit des Mittagsschlafes.

Der Storchen-Krach störte nicht einmal die Dorfköter, die bevorzugt bei uns, Jagen und Verstecken spielten.

Am Dach wärmten sämliche Katzen ihr Fell und beeindruckten das zarte Gleichgewicht der Natur.

Die Spatzen und Störche wurden dadurch etwas beunruhigt, aber die Katzen beeindruckte mein Blick, der ihnen sagte: jegliche Aggresion führt zum sofortigen Rausschmiß.

Und zu allem Übel – in eine allzu gefährliche Nähe der Spatzen, bezog ihr heim ein Marder. Aber auch der hatte irgendwie eine Würde – er jagte nicht in der Nähe seines Wohnortes, also fühlten wir uns alle zusammen sehr sicher.

Im Sommer rannten durch den Garten Schnecken und ganze Armeen von Ameisen, im Winter bekamen wir Hasenbesuch. Als in der Nähe ein Wildschweintreffen stattfand, trennte sich ein Frischling von der Herde und belegte für immer das nahegelegene üppige Gestrüpp.

Es dauerte nicht lange da erklangen auf diesem Stückchen Erde die Geräusche verschiedener Tiere: Geträlle, Geklapper, Geschrei, Gegrunze, Gemiaue, Gezirpe, freudiges Gebell, Geschmatze, und andere Geräusche.

Die Arche war randvoll.

Eines Tages, als ich von der nächsten Erforschungsreise aus der Stadt, heimkam, sah ich wie ein Bagger das Gartenhäuschen dem Boden gleichmachte.

Mir ist bewusst worden, daß ich nur für einen Moment der Zivillisation entrinnen konnte, sie aber kehrte zurück und stelle Anspruch auf ihr (Nicht)-Besitz.

Mit einem Augenblick sah ich; es war nichts mehr da, was man retten hätte können.

Einmal der Gerichtsvollzieher und jetzt ein Arbeiter, der auf einen brennenden Haufen, Teile unseres Gartenhäuschens, warf.

Es blieb nichts anderes übrig als Reißaus zu nehmen.

Gebeugt schlich ich mich aus der Gartenanlage in Richtung Wälder.

Mir fiel es um so leichter, da die Reste jeglicher Zivilisation an mir bereits zerstört waren. Ich ähnelte eher einem Bär, einem Biber oder einem Wehrwolf, mit dem man lieber den Weg nicht kreuzen sollte und es war besser so zu tun, als ob man ihn nicht sehen würde.

Ich schlich durch das Dickicht, das immer undurchlässiger und damit schmerzhafter wurde. Es geißelte durch das Stechen von wilden Himbeeren, Mücken, Zecken, und Blutegeln aus den Pfützen.

Nach paar Tagen des stacheligen Weges, erschöpft und kraftlos, stolpernd, humpelnd und blutend, erreichte ich eine große Lichtung. Auf dieser saß ein riesiger Eichhorn, zottelig und struppich, wie ich.

Es war in ihm irgendwas menschlich-unmenschliches; ein kalter Blick eines Gewalttäters, eines dem der Tod gleichgültig ist. Der Blick eines Doktor Mengele, für den nur das Ergebnis eines Experiments zählt, aber nicht das verbrauchte menschliche Gut.

Er schaute mir in die Augen und mit einer blitzschnellen Bewegung schnappte er nach einem riesigen Holzhammer, mit dem er mir, mit einem einzigen Schlag, Garaus machte.

Ich erlosch, noch bevor es mir bewusst wurde, was da gerade passierte.

Gleichzeitig wurde der Takt des Universum angehalten. Mit mir erlosch alles.

Es erstarrte sogar das Feuer und der Wind. Die Zeit endete auch tatsächlich.

Ich hatte bereits kein Bewusstsein eines Menschen, aber ich musste es auch nicht mehr haben um mir den Tiefsinn des Stillstandes und des Fehlerns, zu versinnlichen, deren Wache der große und struppige Eichhorn gewesen ist.

Schein

Das Ländle war überschaubar und in gewisser Weise wohlhabend.

Es war ausgestattet mit dem Fleiß der Bewohner, mit einer himmlischer Ruhe und gelebter Gastfreundschaft.

Fremde die dort einkehrten wurden fürstlich aufgenommen und ungerne wieder verabschiedet.

Die Einwohner waren weltneugierig, bewirteten die Gäste mit allem was sie besassen und hörten dabei gerne deren Geschichten von der weiten Welt.

Man holte Wein aus dem Keller, Geselchtes aus der Kammer, damit der Gast satt und zufrieden war.

Es schien, als daß der Spaß, das Geplänkel und die Erzählungen nie zu Ende gehen würden.

Bis die Zeit gekommen ist, in der der Durchreisender müde geworden ist, sein Bedürfnis zum Weiterziehen ihn wieder einholte, er brach dann auf und hinterlies ein Gefühl von sorgloser Zufriedenheit.

Es schien als ob die Menschen in diesem Ländle zeitlos leben würden, fern von allen Sorgen und dem Bösen dieser Welt.

Sogar die zwei Weltkriege zogen an ihnen spurlos vorbei, als wenn der Teufel Angst gehabt hätte die Blicke dieser guten Menschen auszuhalten und deshalb er sich die blutige Ernte in einer anderer Gegend reinholte.

Heimatvertriebene, Flüchtlinge, all diese Menschen deren Krieg den Boden unter den Füssen wegzog, sind in diesem Ländle auch nicht eingetroffen. Keiner wußte es weshalb.

Die Unzähligen, die an diesem komischen Ort Zuflucht vom Bösen suchen wollten, trafen auch nicht ein. Entweder verschlang sie das Moor oder sie irrten endlos in der Urwäldern herum.

Irgendwie war es unverständlich; als ob ein besonderer Nebel dieses Ländle von all dem Bösen dieser Welt schützen würde.

Das Ländle besaß keine Bodenschätze; es führten hier keine Handelswege vorbei, es hatte auch keinen strategischen Wert. Und dennoch pulsierte hier das Leben, weit weg von jeglicher Zivilisation.

Der Durchreisender hatte den Eindruck er befand sich hier in einem Nichts, umgeben von Zeitlosigkeit und ohne sinnmachende Bezugspunkte. In dieser Leere verlor er das Empfinden für das Vergehen von Tagen, Monaten, Jahren..

Es gab keine Behörde, keine Schule.

Alle Eroberer die sich das Land untertan machen wollten, scheiterten an umliegenden Mooren und an den Urwäldern, die mit ihrem eigenen Leben pulsierten.

Die Kinder verbrachten die Zeit mit spielen, und als sie erwachsen wurden, erlernten sie auf natürliche Weise, die einfachen Tätigkeiten von ihren Eltern.

Die Töchter übernahmen die Arbeit der Mutter, die Söhne die Arbeit der Väter.

Es gab auch keine Gesetze. Jegliches Gezänk endete mit einem Fest, mit Tanz und Gesang.

Schiedsmann konnte jeder werden, sein Urteil wurde nie untergraben.

Bis eines Tages der Satan die Furcht vor diesen Menschen überwand.

Er schaute ein einziges Mal in das Ländle, aber dafür lange, furchtlos, voller Wut und irgendwie so eindringlich als wenn er auf eine Erfüllung einer Prophezeiung warten würde.

So erklärten sich dieses die Menschen.

Es gab welche die behaupteten, daß ein Zwist zwischen zwei Brüdern, der mit einem Totschlag endete, die Lavine der Ereignise zum laufen brachte. Andere wiederum sahen den Anfang der Ereignisse in einer Notzucht. Noch andere erzählten irgendetwas von mageren Jahren, von Missernten, Hunger, Erschöpfung und täglich steigernder Nervosität.

In einer Zeit so kurz wie ein Wimpernschlag, entfesselte sich die Hölle der Vernichtung.

Die Menschen erblickten plötzlich all das was für sie bis dahin ohne Bedeutung war, aber ab jetzt sie dieses von den anderen trennte, und sie scheinbar zugehörig zu einer anderen Welt machte.

Es zählte alles: die Augenfarbe, Haarfarbe, die Ansiedlung, die Sippe und das Geschlecht. Vor allem das Geschlecht.

Sie schafften das Recht des Stärkeren. Der schwächere musste früher den Geist aufgeben, mußte wegen dieser Schwäche so lange leiden wie er im Stande was dies auszuhalten. Und gerne auch länger.

Der menschliche Erfindungsgeist kannte in diesem Fall keine Grenzen und keine Bremsen.

Es wuchs der Berg von Schuld und Unrecht, diese Schuld konnte man nur mit Leid und mit Blut abbezahlen, der Kreis des Unrecht schloß sich.

Die ersten Opfer der Torturen und Morde waren die Dorftrottel; einfache Gemüter, die diese Wandelung der Zeit nicht begreifen konnten, ebenso nicht die Gerissenheit des Bösen und auch den Zeitpunkt nicht erfassen konnten an denem man einfach flüchten sollte.

Danach kam die Jagd auf die Versehrten. Gleich hinterher auf jene, die man – laut gemeinschaftlicher Vorstellungskraft – als "Fremde" bezeichnen könnte: Landstreicher, Dunkelhäutige, Beschnittene, die mit sichtbaren Zeichen am Körper, Rothaarige, Haarlose, mit grauem Star, es war eigentlich egal, – Hauptsache anders als das Mittelmass.

Man veranstaltete ihnen öffentliche Folter, die sich schier endlos hinzogen aber immer mit dem grausamsten Tod des Deliquenten endete. Die Zuschauer wetteten wie lange das Opfer diese Qualen aushalten würde.

Das Spektakel der Grausamkeiten, des Leidens und des Todes zog sich wochenlang hin und als nun endlich ein Engpaß an Trotteln und Gezeichneten entstand, begannen die Familienverbände sich gegenseitich umzubringen.

Es war ein totaler Kahlschlag.

Die Gefangenen hatten keine Chancen mit dem Leben davon zu kommen. Sie konnten nur – erfolglos – um einen schnellen Tod beten, falls bei ihnen noch Reste von Glauben verblieben waren.

Gefangen wurden die, die betäubt von einer sinnlosen Hoffnung waren, die zu schwachen um dem eigenen Leben selber ein Ende zu bereiten, die, die nicht schafften die Fluch ins Nichts.

Hinterher durften sie das Ausmass der menschlichen Grausamkeit und Bestialität beobachten und erfahren, die sich an den Bewohnen des Ländles vollzog, einen Gegend vom Gott verlassen und vom Teufel verflucht.

Die Lebenden verfluchten ihr Leben. Das eigene und das der anderen. Sie wußten, daß früher oder später sie selber zu Opfern werden, der Feind war stärker. Also vergalten sie es schon im voraus an Lebenden, als eine Art Vorauszahlung oder auch Lohn für das zu erwartende Leid.

Der Leib und die Frau wurden kostbar auf eine makabre Weise.

Aus all den Nerven und Gewebe wussten die Täter ein unendliches Leiden herauszuholen. Es reichte nicht an Geschichten und Geduld um die tiefsten Schwellen zu erreichen, also wurde gezerrt, gerissen, gedehnt, geschnitten, gestochen, gesägt, geviertelt und erniedrigt auf millionenfache Weise.

Es war die Zeit der Bestien, der Wahnsinnigen, der Psychopathen die mit der Schwäche der anderen spielten.

Eine Frau war immer schwächer. Ein ideales Opfer, da sie nie eine Chance in der Begegnung mit den Männern hatte, die gestählt durch die schwere Feldarbeit oder auch im Urwald, wurden.

Die weichen Körper der sanften Frauen wurden zur Spielzeug für die Abartigen und Feiglinge.

Nichts reizte den Feind mehr als Versklavung, Torturen, Gewalt und Erniedrigung der Frauen, ein Angriff auf das Unschätzbare aller Besitze.

Man mußte alles tun, damit der Samen keinen fruchtbaren Boden fand. Damit der Feind keinen mehr hatte um mit ihm Nachkommen zu zeugen, das wenn es erwachsen wurde Rache nehmen könnte und noch grausamer sein würde. Die Möglichkeit der Wiedergeburt in den Kindern und Enkeln musste entgültig vernichtet werden.

Die Menschen sollten mit soviel Hoffnungslosigkeit erfüllt werden, damit sie bewußt werden, daß das Gedächnis und die Geschichte dem entgültigen Ende zuschreiten.

Der letzte Bewohner des Landes starb an seinen Verletzungen und an Erschöpfung als er das Moor durchdringen wollte.

An seinen Händen war das Blut von vielen Menschen und die Reste eine Hoffnung, daß hinter dem Moor andere ihn aufnehmen werden, als Opfer das durch ein Wunder diese Schlacht überlebte.

Die Zeit bedeckte in Windeseile die menschlichen Überreste und auch die Asche der Häuser, mit einem Teppich aus Gras und Moos.

Die Menschen die bald darauf hin das Ländle besuchten waren begeistert; vom Urwald, von den kleinen Waldquellen und den Bächen. Und von der paradisischen Ruhe ohne der Spur eines Menschen.

Schauspieler

Das Buch

Der Erste Mensch fand das verstaubte und von Vogeldreck verschmutzte Buch auf dem Dachboden. Es fiel durch seine Maße und seine Form auf, scheinte ideal dem Körper des Finders angepasst zu sein.

Der dunkelbraune Buchdeckel und die hellrosa Seiten waren aus winzig kleinen Menschenhautteilchen erschaffen worden, der Buchrücken bestand aus einem Geflecht preparierten Sehnen.

Die Hautstückchen die die Seiten bildeten, verbanden sich auf eine unerklärliche Weise miteinander, als ob eine unsichtbare Kraft dafür verantwortlich wäre.

Auf den ersten Augenblick war es nicht klar wovon das Buch handelt, es enthielt sowohl keinen Titel als auch kein Inhaltsverzeichnis.

Die zarten Seiten waren mit einer dunkelroten phosphoreszierender, mit Blut vermischter Tinte beschrieben und machten einen Eindruck als ob sie tausend Jahre alt wären und sogleich unter der Berührung des ungebetenen Gastes, auseinanderfallen würden. Man konnte nicht einmal mehr die erste Seite lesen. Zwar waren die Buchstaben sorgsam kaligraphiert worden, aber eine ununterbrochene Folge von Zeichen die aus allen Alphabeten der Welt stammten, bewirkten, daß dieses mehr einem Bild als einem Text ähnelte.

Leuchtende Teilchen glitzerten in den Buchstaben als wenn sie Sterne wären und der Mond sie zum Leben erwecken würde.

Der Mann schaute eine lange Weile in die vom Mond, der durch das löchrige Dach hereinschien, glänzende Zeichen. Ab diesem Augenblick als das Licht von einem dieser Zeichen reflektierte und in sein Auge fiel, überlegte er über den Wert des Buches, nach. Es begann der Prozess der Einfrierung und der Mensch fühlte wie er ein Gefangener in seinem eigenen Körper wurde. Kaum begann er zu verstehen als er erlosch. Binnen einiger Sekunden löste er sich im Schein des Mondes auf.

Der Zweite Mensch fand ein kleines Büchlein, das aus Blätten erschaffen wurde, im Keller.

Es hatte gelbe unbedruckte Seiten, die mit bunten Flecken, die eingeordnet wie in einem seltsamen psychologischen Test, gefüllt waren. Vielleicht waren es aber nur vom Wasser verwaschene Buchstaben.

Es war seltsam beim Berühren; wie Eis das im ersten Augenblick brennt um dann im zweiten Augenblick alles lebende Gewebe in wundersame Formen, tödlich einzufrieren.

Auf dem Wasser das Teile vom Kellerboden bedeckte, legten sich Schatten die seltsame Gebilde formten, fast so phantastisch wie die Flecken in diesem Büchlein. Als diese Schatten die blossen Füsse der Frau erreichten, fiel dieser das Buch aus der Hand und versank im Wasser. Die Frau erstarrte zur Stein und das Buch löste sich im Wasser wie ein Zuckerwürfel auf.

Das Krabbelnde Kind, allein gelassen im Haus, war nicht imstande dieses zu verlassen. Versabbert, heiser vom Weinen und schliesslich total erschöpft, entwässert, hungrig, durchnässt und vollgekotet, lag es entkräftet im Sterben. Das Wasser flutete den Keller und erreichte den Fußboden des Hauses. Das Kind leidete abwechselnd Schüttelfrost und Fieber. Der Rachen brannte, die Nasenausscheidungen mischten sich mit dem Wasser und füllten die Lunge des Kindes. Als es schon sehr Nahe am Herübergleiten war, tratt jemand die Tür ein, hob das Kind und nahm es mit sich.

Er wurde zum Jäger der Jagd auf Bücher machte. Keiner wußte von seinem Dasein, und der der dieses erfuhr, hatte keine Zeit mehr, einem anderen dieses zu erzählen.

Sein ganzes Leben war er aber nicht imstande dieses eine richtige Buch zu finden. Das Buch das ständig die Form änderte, das Buch das er noch nie las, das aber bereits so viele tötete.

Trotz seinem Erfindungsgeist bei Foltern, seiner Gewissenlosigkeit und kompromisslosen Haltung, entwischte ihm das Buch immer wieder und änderte immer wieder das moralische Gewebe der Welt.

Umsonst waren all die immer neu ausgedachten Spiele mit Ermordeten und zu Tode Gequälten, als er letztendlich begriff, daß das Wissen aller Menschen nicht in ein Ganzes mündet. So erreichte er das Ende seiner Möglichkeiten – noch das brutalste Töten der Kinder vor der Augen der Mütter, noch das wochenlange Vernehmen der Gefangenen, die zwischen Leben und Tod schwebten, bis zum Überschreiten dieser Grenze, näherten ihn dem Erfolgt beim Jagen.

Erschöpft und resigniert ließ er sich am Rande des Urwaldes nieder.

Er spielte unbewußt mit den Tortur-Geräten und versank in seine Überlegungen. Er erblickte die gleichen Zeichen, die bereits vor ihm sein Vater sah, die Zeichen in einer Nebenwolke über einem Bächlein, einem von Ast zu Ast hüpfendem Eichhörnchen, einer bestechenden Wölbung eines Baumstammes, einem Kräuterbüschel der in Form eines Buchstabens gewachsen ist. Er hatte vor sich das Buch das er suchte, er ahnte aber nicht, daß sich sein ärgster Albtraum erfüllen würde. Nicht genug, daß er alle Zeichen lesen und begreifen konnte, so konnte er auch alles deuten was über Millionen von Jahren in diesem Buch eingeschreiben wurde, so auch seine Geschichte. Von Anfang an hatte dieses Buch ihn ausgewählt und seine Taten gesteuert. Es selber brauchte ab diesem Moment nicht mehr Töten und Foltern als er dieses Tun übernommen hat, in den Versuchen dieses zu ergattern.

Das Buch selber war ewig, unverwüstlich und er konnte nur deren williges Werkzeug sein. Keiner konnte mit diesem Buch gewinnen, es war immer und bleibt ausserhalb von Gut und Böse. Egal was er selber tut, es bleibt bedeutungslos. Der freie Wille, wie ein Vogel in einem Käfig, oder ein verlassenes Kleinkind, wird kämpfen bis er völlig erschöpft ist und schliesslich stirbt.

Symbionten

Meine früheste Kindheitserinnerung ist ein, in mein Bettchen reinluggender, Hund.

Er hieß Diamant. Vielleicht hiess er so, weil er für unsere Familie so wertvoll war, vielleicht aber auch, weil seine Augen wie Diamanten strahlten.

Als ich grösser wurde, erfuhr ich, daß Diamant, seit man mich nach der Geburt heimbrachte, niemals von meiner Seite wich.

Er hatte die Angewohnheit ständig in meine Wiege reinzuschauen. Er tat es in dem er sich mit den Vorderpfoten an die oberere Wiegenkante stellte, die lange Zunge heraushängte und mich gross, mit seinen funkelnden Augen, ansah.

Ich kann mich nicht mehr daran erinnern, aber als ich anfing zu robben, wurde Diamant von einem vorbeifahrenden Auto erwischt, er war augenblicklich tot.

Diese Erinnerung über eine Hunderschnauze, verbunden mit seinem Namen, wurde erst wieder wach, als unser zweiter Hund, Rex, zu Tode kam.

Dieser Hund wurde mein bester Freund. Zusammen tollten wir durch den Wald, machten Jagd auf Feldmäuse, im Sommer lagen wir im hohen Gras, im Getreide, in einem Heuhaufen, wir spielten mit Strohhalmen und beobachteten sorglose Heuschrecken. Und im Winter schlugen wir Eislöcher in nahen Flüssen und Teichen. Die Sommer waren damals heiss und die Winter sehr kalt, die Schneeverwehungen wurden meterhoch und der Frost klirrend.

Tagsüber war Rex der Wächter und Sklave unseres Hofes, angebunden an seine Hundehütte mit einer dicken Kette, ähnlich der, mit denen die Kühe an der Weide an Holzpflöcken angebunden waren.

Er wurde aber zum König als ich in seine Hundehütte kroch um mich vor Hitze oder vor Frost zu schützen. Ich wuschelte ihn, kraulte ihn am Bauch und hinter den Ohren, dann sausten wir durch die Gegend und scheuchten Spatzen und Dohlen auf.

Am besten erinnere ich mich an diesen Tag, an dem sich alle unsere Viecher mit dem durchfermentierten Weinabfall in Suff brachten.

Die Gänse und Hühner torkelten ohne Ziel und ohne Sinn in alle Richtungen über das Gelände. Die Schweine veranstalteten eine Fete mitten auf dem Hof und fanden nicht den Weg in ihren Stall. Und Rex war so betrunken, daß er längere Zeit am Tatort liegen blieb, kotzend ohne Ende.

Meine Kindheit änderte aprupt, als Rex sich von der Kette befreite, sein Pflicht als Hofwächter erfüllen wollte, und ein wildgewordenes Pferd aufzuhalten versuchte.

Der Huftritt in seinen Bauch verursachte seinen langen und qualvollen Tod. Keiner konnte ihm helfen. Wir hatten immer wieder die Hoffnung, daß er es schaffen würde, so wie er es schaffte aus der Alkoholvergiftung rauszukommen, aber es blieb hofnungslos. Ich habe seinem langen Sterben aus dem Fenster zugeschaut.

An der nächsten Hofwächter kann ich mich nicht mehr erinnern. Ich weiss nur, daß er sehr aggressiv war. Als ob er mich aus dem Hause treiben wollte, oder auch ganz fressen.

Ich verliess das Haus.

Über viele Jahre war ich selber wie ein streunender Hund, der sich durch die Weltgeschichte trieb und immer wieder in fremden Betten schlief.

Bis zur meiner Rente schaffte ich etwas anzusparen. Es reichte für eine spärliche Wohnung. Dies glich fast einem Wunder, da ich nie eine ordentliche Ausbildung genoß und auch, aus diesem Grund, keine ordentliche Arbeit verrichten konnte.

Die Wohnung die ich mir mit Müh' und Not kaufte, oder eher - dafür die Nutzrechte erwarb, war eine komplette Ruine. Mir ging es aber gar nicht um das Eigentum oder um die Freude am Besitzen, sondern ich wollte einfach meine Ruhe und Abgesondertheit bis ans Ende meiner Tage.

Als der Besitzer den Abverkauf unterschrieb und das Geld kassierte, der Vertrag hatte allerdings keinerlei rechtliche Gültigkeit, atmete ich befreit auf, ich wußte – er kehrt nie wieder hier zurück.

Er war zwar ärmlich, hatte dennoch die Ehre eines Mannes, die nicht abhängig von Stoff oder Suff war, was man nicht über die überwiegende Mehrheit der anwohnenden Nachbarn, sagen konnte. Sie lungerteten die ganzen Tage vor den Haustüren, knüpften den vorbeigehenden Menschen das Geld ab und warteten auf den nächsten Dummen.

Als ich die Türe hinter ihm schliessen wollte, sah ich vor dem Ausgang, auf dem grauen Betonboden, einen schwarzen Knuddel. Er hatte eine schwarze Nase und leuchtende Augen.

So sieht für einen Alten oder Rentner Bestimmung aus....Damit aus dem Zuhause ein richtiges Heim werden konnte...fehlte eben nur ein Hund.

Ich nahm den Knuddel hoch, busselte ihn auf die Nase und trug ihn in die neue-alte Wohnung.

Mit der Zeit richtete ich die Wohnung so ein, daß es für den Hund bequem wurde und er diese Wohnung als ebenfalls seine, betrachten konnte, ähnlich einer Hundehütte.

Der erste gemeinsame Ausflug endete allerdings beinahe tragisch.

Wir gingen zum Fluß der gerade etwas Hochwasser führte. In ein paar Stunden, wenn der Pegel weiter steigen würde, könnte es für unsere Wohnung unangenehm werden, wir wären dann zum Auszug in die nächste Gartenlaube, verurteilt.

Der hilflose Welpe erforschte, die schon mit Wasser teiweise bedeckten, Grasbüschel. Von einem dieser Büschel rutschte er in einen Wasserstrudel, dieser trieb den Hund immer mehr zur Flussmitte.

Mir ist beinahe das Herz stehen geblieben, mir wurde heiss und kalt und die Muskeln verkrampften sich.

Ich überlegte kurz ob ich mich ins Wasser stürzen sollte um den Hund zu retten. Ich kann zwar nicht schwimmen, aber nahe am Ufer dürfte das Wasser doch nicht so tief sein...

Ich konnte es mir nicht vorstellen, daß dieser Hund, wegen meiner Unachtsamkeit, ertrinken könnte, noch bevor er das Leben kennenlernen durfte.

Ich war so entsetzt, als ob ich selber gerade am ertrinken wäre.

Vielleicht könnte ich es schaffen, in dem ich mich mit einer Hand, an den Grasbüscheln festalten würde..

Zu meinem Glück sah ich einen Stock der am Flussufer herumlag.

Ich schnappte mir augenblicklich diesen und lotste damit den Hind in Richtung Ufer. Nach ein paar Metern war er schon so nahe, daß ich es schaffte ihn herauszuziehen.

Ich glaube dieses Ereignis war der Anfang einer ganz besonderen Symbiose, oder auch einer übersinnlichen Verflechung von Schicksalen, Ursachen, Leiden und Erlösung.

Gerade damals erinnerte ich mich an die Zeit, als ich noch ein Bub war, und das Schwimmen lernte.

Ich schwamm viel zu weit raus und begann zu ertrinken.

Wahrscheinlich erging es mir damals wie dem Welpen, der mit seiner letzten Kraft bemüht war an der Wasseroberfläche zu bleiben und der den Gedanken einfach verdrängte, daß ihm gleich das Wasser den Atem rauben würde und seine Lungen überflutet werden.

Ich schob diese unangenehmen Gedanken beiseite, froh, daß alles gutging und wir kehrten zur Wohnung zurück.

Diese Gedanken kehrten dennoch abermals zurück. Sie abeiteten in meinem Unbewusstsein und kehrten immer wieder an die Oberfläche. Ich hatte keine Ahnung weshalb.

Es war wie ein Bumerang, und jedes mal wenn diese Gedanken wieder aufblitzen, wurden sie etwas stärker.

Einen solchen Blitz hatte ich in etwa 3-4 Jahre später, als der Hund grösser wurde und in die Sturm-und-Drang-Zeit gekommen ist.

Er liebte es allein und frei herumzulaufen und verschwand öfters aus meiner Sicht.

Bei einem dieser seiner Ausbüxe, trat er in die Scherben einer zerschellten Weinflasche.

Er schnitt sich die Pfote auf und blutete sehr. Ich überlegte ob ich ein Taxi rufen sollte, um möglichst schnell zu einem Tierarzt zu kommen. Aber ich sah schon das Gesicht des Fahrers...wenn ich einen blutenden Köder in sein Auto hieven würde.

Ich zog mein Hemd aus, wickelte es um die Hundepfote um das Blut zu stillen, nahm den Hund auf den Arm und trug ihn in die Stadt, auf der Suche nach einem Tierarzt.

Ich habe keine Ahnung woher ich die Kraft nahm das Zehn-Kilo-Tier durch die halbe Stadt zu tragen, dies aber war damals mein geringstes Problem.

Ich hatte die gleiche Angst um ihn, wie damals, als er beinahe am Ertrinken war.

In meinen Adern floß, statt Blut, pures Adrenalin.

Sowohl damals, als auch jetzt, blieb das Tier vollkomen ruhig. Er schaute mich voller Vertrauen an, als würde es Gang und Gäbe sein, daß ich ihn so auf den Händen durch die Gegend tragen würde.

Als der Tierarzt seine Wunde nähte, erinnerte ich mich, als vor langer Zeit, als ich noch Jugendlicher war, ich bereits eine ähnliche Situation erlebte.

Sogar die Form und die Tiefe der Wunde waren sehr ähnlich.

Ich stockte und überlegte, ob ich wohl hier mehr Bedeutung in die Ähnlichkeit der Ereignisse reinlegen würde, als es tatsächlich war.

Einige Jahre später schwoll mir plötzlich die Hand ein. Ich wurde von allen möglichen Ärzten untersucht, die Ursache für diese Schwellung wurde aber nicht gefunden.

Naja, dachte ich, es war mitten im Sommer, Ferienzeit, in den Kliniken herrschte Personalknappheit, und das, was vorhanden war, war möglicherweise nicht das Fähigste.

Plötzlich sah ich, daß meinem Hund ebenso die Pfote einschwoll. Zudem hinkte er an der Hinterpfote, er konnte kaum noch Halt finden.

Beim Tierarzt stellte sich heraus, daß er sich zwischen den Ballen einen Dorn reingeschlagen habe.

Der Tierarzt schnitt die Haut zwischen den Ballen auf. Der Eiter floss nur so heraus.

Der arme Hund jammerte fürchterlich und wand sich vor Schmerzen als die Zange des Tierarztes, auf der Suche nach diesem Dorn, in seinem Fuss eintauchte.

Wir kehrten heim, die Schwellung hielt leider die nächsten Tage an.

Ich öffnete die Nähte der Wunde, es floss wieder viel Eiter heraus. Es gelang mir aber die Reste des Dornes, die der Tierarzt übersehen hatte, zu entfernen.

Die nächsten Tage leckte der Hund seine Wunde aus, und auch meine Hand wurde immer besser.

Seit dieser Zeit war meine Leidenszeit und der dieses Hundes eng miteinander verknüpft.

Als ich Kreuzschmerzen hatte und aus dem Bett nicht mehr heraus konnte, hatte mein Hund so eine starke Lähmung, daß er im Krankenhause behandelt werden musste.

Auch mein Asthma übertrug sich auf das Tier.

Für mich ist die Zeit stehen geblieben, mein Hund wurde dafür immer seniler; erst wurde er taub, dann erblindete er, schliesslich verlor er seinen Geruchsinn. Am Ende lag er nur noch in seinem Körbchen in der Ecke, und bewegte sich kaum, er wollte weder essen noch trinken.

Seit einer Woche schaut er nur noch, mit seinen blinden Augen, vor sich hin, apathisch und gleichgültig wie eine Sphinx.

Ich weiss nicht wie lange das noch anhält und vor welchem Leiden er mich bewahren möchte.

Brüder

Sie waren zu zweit. Wie Pat und Patachon. Und auch denen ähnlich, allerdings waren sie nicht so stilvoll.

Alle redeten über sie: Gebrüder Karamasow.

Sie hatten in ihren Augen irgendetwas indirektes, angesiedelt zwischen Wahnsinn, Gehetztheit, Fluch und Wildheit.

Schon alleine ihre Bezeichnung sorgte bei den örtlichen Lausbuben für Heiterheit.

Als sie durch die Strassen zogen, in ihren zerschlissenen Lumpen, deren Alter man nicht mehr ermitteln konnte, dreckig, unrasiert und schlurfend, hatte man den Eindruck man begegnet Schätten aus einem bodenlosen Abgrund, aus dem gerade Untote entsteigen würden.

Fettige Haare und nach Fäulnis stinkender Atem entsetzte jede Hausfrau und ermunterte keine Kokette.

Das Aussehen der Beiden wurde durch die moralische Verkommenheit, die daheim herrschte, ergänzt. Eigentlich war es kein wirkliches Daheim, es war auch keine richtige Wohnung, kein wirkliches Nest; die Schlüssel dazu besass die halbe Welt.

Es war besiedelt durch Hunde, Katzen und Tauben, die ihre Hinterlassenschaft in jeder Ecke, gerne und voller Wonne, platzierte.

Die Gebrüder Karamasow waren ledig; angeblich aber hatten sie so ihre Bedürfnisse – zumindest früher mal – und so mussten sie ein Geschöpf aus ihrem häuslichen Bestand erwählen, sie entschieden sich also für ihre Mutter. Oder vielmehr – die Mutter entschied sich für sie.

Es ist schwer diese spezielle Beziehung, zwischen ihr und ihren Söhnen, zu durchschauen. Es herrschte aber der Eindruck einer Ruhe, gewisser fließender Bewegungen und der Aussöhnung mit der Welt, die irgendwie aus den Eingeweiden der Mutter stammen musste.

Die Lebewesen die für das Bett nichts taugten landeten kurzerhand, in verschiedenen Formen, auf dem Tisch. Allerdings im rohen Zustand waren sie viel bevorzugter.

Wahrscheinlich eben dieses, verbunden mit der persönlicher Unsauberkeit, war der Grund für diesen Gestank, einer Mischung aus Fäulnis, Scheiße und Pisse, die sie immer und immer begleitete, egal ob bei Tag oder bei Nacht.

Die Menschen in deren Umgebung würgten und drehten sich weg. Tiere flohen mit Kreischen, Quieken und Gebell und oft auch so heftig, daß sie noch in dem Dunst diesen Gestanks ein schnelles Ende, unter den Rädern der vorbeifahrenden Autos, fanden. Man wusste oft nicht ob das Entsetzen in ihren bereits toten Augen, eine Reaktion auf diesen entsetzlichen Mief, oder nur gewöhnlicher Todesschmerz war.

Die Stadtwache war gegenüber den beiden machtlos, waren doch die Brüder in der Altstadt wohnortlich gemeldet, und so ein Katz- und Maus-Spiel mit denen war für sie eine ihrer wenigen Lebensfreuden.

Die Zeit verbrachten sie ansonsten mit sorglosem Lotterleben, das ab und zu durch etwas Schrottsammeln oder Holzsammeln für den Ofen, unterbrochen wurde.

Wahrscheinlich verkauften sie diesen angesammelten Schrott am Schrottplatz, aber keiner hatte eine Ahnung was sie mit dem Erlös machen konnten. In verschiedenen Sagen sammelten manchmal die Helden, auf diese Art und Weise, einen Schatz an, aber in diesem Fall der Brüder, hatte kein Mensch eine Ahnung, wozu sie dieses taten.

Die Mutter führte die Söhne an einer kurzen Leine, erfüllte all ihre Bedürfnisse, also war kein Grund etwaige sonstige Bedürfnisse zu stillen, da es diese eben nicht gab. Oder sie wurden einfach verdrängt.

Sie änderten auch ihre Gewohnheiten nicht als die Mutter verstarb, naja, bis auf dies, daß sie jetzt gemeinsam zu zweit schliefen, umrahmt und umhüllt von einer Hundemeute, egal ob draußen ein klirrender Frost herrschte oder eine sengende Sonne vom Himmel brannte. Die Meute wärmte sie mit ihrem Fell und Atem, wäschte sie mit ihrer Zunge und nehrte mit ihrem Körper.

Diese Lethargie dieser lebenden Leichen unterbrach ein Überfall auf die Kassiererin der Tankstelle.

Dieser Vorfall war irgendwie seltsam; nichts passte hier zusammen.

Das Mädchen wohnte im selben Haus wie die Gebrüder Karamasow. Ihr Arbeitsplatz, diese Tankstelle, war gerade mal hundert Meter davon entfernt. Die Strecke war gut ausgeleuchtet, was auch meistens ausreicht um mögliche Übeltäter abzuschrecken.

Sie kannten sich gegenseitig seit der Kindheit, obwohl sie eigentlich in verschiedenen Welten lebten; die einen, vom Leben zerfressen Penner, die andere – eine hübsche junge Frau, die im Leben zu etwas brachte.

Es gab auch keinen Motiv.

Was wollten diese zwei dunkle Gestalten, die kaum fähig waren ordentlich zu laufen, von diesem jungen Mädchen?

Der Überfall endete Ruck-Zuck. Das überfallene Mädchen tritt dem ersten kräftig ins Gemächt, dem zweiten verpasste sie eine voll auf die Zwölf und rief in aller Ruhe die Polente, ohne zu vergessen sich vorher noch aufzuhübschen.

Als die Ordnungshütter ankamen, lagen die Übeltäter noch jammernd auf dem Boden.

Die junge Frau war gerade mit der eigenen Scheidung beschäftigt. Bereits ein paar Jahre früher, schmiss sie ihren bärtigen und versoffenen Nichtsnutz von Mann auf die Strasse. Seit dieser Zeit belagerte dieser, wenn er nicht gerade wegen Diebstal oder Überfall im Bau einsass, das Treppenhaus.

Dies aber, daß sie sich gerade in Scheidung befanden, bedeutete für ihn nicht, daß jemand Fremder eine Hand auf sein Ehemalige – sein Eigentum - heben durfte. Dieser städtische Pancho Villa war froh über diese Gelegenheit zur Rache.

Die Gebrüder Karamasow kehrten tagsdarauf, in Begleitung der Stadtwache, die davor alle Hunde abfing und an einen unbekannten Ort verbrachte, heim.

Gute Menschen erzählten voller Mitleid, daß diese Hunde in ein Tierheim gebracht wurden, andere wiederum erzählten, die ganze Meute wäre eingeschläfert worden.

Die Stadtwächter nahmen dazu keinerlei Stellung, sie erfüllten nur die Anordnungen.

Die, die die Brüder nachmittags angetroffen haben, beobachteten, daß der Schalk in ihren Augen verschwunden war, sie sahen grau im Gesicht aus und ihre Schritte waren schlurfender als sonst. Ihre ganze Erscheinung bot ein Bild der Traurigkeit.

Sie strolchten ziellos umher, konnten sich keinen Platz finden, das eigene Nest war leer, es hatte keinen Sinn dort zurück zu kehren.

Man sah denen an, daß sie just eine unsichtbare Grenze überschreiten und langsam aber sicher auf die andere Seite rübergleiten. Dies war nur eine Frage der Zeit.

Beschleunigt wurde dieses durch den bärtigen Lumpen.

Dieser erwischte die Brüder in den frühen Morgenstunden unter der Brücke eines Flusses, schnitt ihnen die Kehlen, mit einem Rasiermesser, das er öfter bei Raubüberfällen benutze als zum rasieren, durch.

Hinterher rächte er sich noch an dessen Körpern; er schlug, schnitt und brannte sie an. Als dieses erledigt war, nagelte er diese Körper kopfüber an Bäumen, häutete sie und nahm sie aus.

Er werkelte an den Körpern so lange bis ihn Kinder sahen, die ihren Schulweg abkürzten und so Zeugen dieses makabren Schauspiels wurden.

Die erste Streife wusste sich keinen Rat mit diesem verbissenen Schuft, erst die nächsten dazugezogenen, schafften es diesen Psychopathen von den zerstückelten und zerschundenen Leichen, wegzuziehen.

Nach der Räumung des Tatortes begann langsam aber sicher das Wegräumen der Tat in den Köpfen der Menschen. Was drückte – wurde einfach weggewischt.

Auf der anderen Seite des Flusses, in den Schrebergärten, fielen einer gottesfürchtigen und fast blinden Alten, die gerade mit Unkrautjäten beschäftigt war, komische Flecken an den Scheiben des Gartenschuppens, auf.

Diese Flecken hatten seltsame Formen und ähnelten den Gestalten der ermorderten Brüder Karamasow.

Diese Botschaft erreichte die Menschen, die immer zahlreicher an dieser Stelle erschienen. Jede Woche wurden es mehr und mehr. Schliesslich so viele, daß es langsam überhand nahm.

Man durfte aber diese Betenden nicht stören, also erlahmte die Bewirtschaftung dieser Gärten, die mit der Zeit zur einem Garten Gottes, umgestaltet wurden.

Die ehemaligen Gartenbesitzer, die jetzt ohne Garten dastanden, übernahmen die Versorgung dieser Menschenmassen von diesem neu geborenen Ritual.

Und seit in diese neue Verehrung der neue smarte und selbsternannte Priester in Erscheinung trat, wurden immer mehr und mehr Menschen gebraucht um über die vielen Gaben, die die Pilger daherbrachten, Herr der Lage zu werden.

Damit der Mensch das Licht der Erkenntnis finden konnte, musste er sich erstmal von seinem Mammon trennen.

Die Kunde von Wundern die die Abbilder der Brüder zustande brachten zog durch das Land. Ebenso die Botschaft von den wunderbaren Heilungen die der Priester vollbrachte.

Es waren auch die geheimnissvollen Mixturen die diese Wunder vollbrachten. Deren Grundlage waren die Organe von Wesen, die das selbe Schicksal mit den Brüdern teilten, als diese noch lebten.

Hundetalg heilte Furunkel, Asthma, Sodbrennen und Verdauungsstörungen. Umschläge aus Katzenpfoten und Katzenzungen linderten Schmerz, Aufgüsse aus Vogelkot unterdrücken AIDS und Krebs.

Es dauerte nicht lange bis auf den ehemaligen Gärten eine Kapelle entstand, danach ein Holz-Schrein, zum Schluß eine gemauerte Heilige Stätte, die immer umfangreicher wurde und sich inzwischen über die ganzen Gärten ausgebreitet habe. Die Stadtverwaltung, ebenso die Kirchenbehörten, schauten diesem Tun ratlos zu.

Der Bärtige kam aus dem Bau nicht mehr heraus. Er wurde von den Mithäftlingen erstochen und kopfüber an der Etagenpritsche aufgehängt, genauso wie er es, seinerzeit, mit den Brüdern tat.

Sie schnitten ihm die Birne ab und schmissen diese in den Nachteimer, im Glauben, daß auf diese Weise dieser Halunke, nach seinem Tod, den Weg ins Himmelreich nicht finden wird und auch keine Erlösung erfährt.

Mit seinem Blut verschönerten sie, in verschiedenen Mustern, die Wände der Zellen.

Das Volk verzeiht nichts, das Volk hat gerne Spaß.

Es gab Gerede, Geschichten aus den schmutzigen Fingern gesaugt, viel Unsinn. Die Menschen überlieferten sogar Legenden über die traurigen Blicke dieser Brüder, Brüder die zu Lebzeiten durch die Welt herumirrten und anderen die Luft verpesteten aber nach dem Tode den Menschen auf den richtigen Weg geholfen haben.

Imago

Er konnte keinerlei Erfolge vorweisen.

Naja, vielleich nur diesen, daß er, als jüngster Sohn, der Letzte in der Thronfolge war.

Keiner nahm in ernst, also konnte er sich allen Spaß erlauben und so tun, als freue er sich von den Brosamen, die man ihm auf den Festen, die sein Vater veranstaltete, von den Tischen zuwarf.

Brosamen, in echt und auch bildlich gemeint.

Sie lachten in alle aus; vom König selber bis zur der Küchenhilfe und den Wächtern. Und die Burschen hetzten auf ihn, wie auf einen Streuner, die Gänse und machten dabei Wetten wie lange er die Attacke der Gänseherde aushält. Manchmal warfen sie ihn, aus Spaß, in ein stinkendes Erdloch, und manchmal beschmierten sie ihn mit Katzenscheiße.

Eine komische Mißgeburt, die keine mochte, aber auch keiner so richtig hasste. Mit seinem Anderssein lenkte er die anderen vom Alltag ab, schon alleine mit seinem Dasein und mit seinem Aussehen.

Straflos durfte man ihn piesacken und demütigen, wer sollte sich denn für ihn einsetzen?

Ein perfektes Opfer, das man leben liess um selber Spaß zu haben bei allerlei Schikanen.

Es war halt jemand da, auf dem man seine schlechte Laune abreagieren konnte, der all das Böse wie ein Schwamm aufsog und alles ohne Murren ertrug.

Diese Garstigen tränkten ihn mit Groll, Mißgunst, Rache, Fluch, Mord und Schmach, ohne Ende und ohne Sinn und Verstand.

Seine Seele und sein Gewissen schwollen, von diesem Übermaß und Überdruß an Bösem, für andere unsichtbar an; dieser fließender, schleimiger, chronischen Schmiere. Bis alles verkommen war, bis zu vollkommener Übersättigung, und keine Hexerei, keine Zauberei und keine Besprechungen konnten diesen Fluß an Bösem mehr umkehren.

Eine Pechschmiere kroch aus jeder seiner Hautöffnung heraus und wand sich ihren Weg durch die Schweißdrüsen. Ihr Duft war wie die einer, in der Mittagsonne, erblühenden Rose.

Jeder Erguß war wie ein Nadelstich und erschien wie ein Aushöhlen jeder einer Nervenspitze im Körper. Wie eine Summe aller Schmerzen.

Die Menschen fingen an einen großen Bogen um ihn zu machen. Sie wollten sich nicht mehr, diesen verdrehten Knäuel von Körper, anschauen. Diesen Körper von Schmerz gewebt und von irgendeinem Dunst umgeben, der sich wand wie ein großer leichenweißer Wurm, ausgespuckt aus den Abgründen der Erde.

Die Pechschmiere bedeckte schließlich auch den Boden, die Wände und durch irgendein Wunder, kroch sie sogar an den Fenstern zu Decke hinauf.

Ab und zu sickerte aus dem Körper Blut, das als es sich mit dieser Pechschmiere vermischte, zu faulen anfing und die Räume mit einem ekelkaften Geruch von Tod, Fäulnis, mit einer Spur von Metallgeruch, erfüllte.

Wer diese Mischung zusammen mit dem Geruch der Rose wahrgenommen hat, konnte einen Brechreiz kaum unterdrücken.

Als diese Flüssigkeiten und Schmieren aufgehört haben zu sickern, erstarrten sie und banden den Körper wie mit einem Kokon, ein.

Der Dunst setzte sich und veränderte das Weiß in die Farbe des Blutes und bedeckte das Alles mit einem Panzer.

Nach 7 Jahren platze plötzlich dieser Panzer. Es erstieg daraus ein Jüngling, vollkommen, wunderschön und rein. Er hatte blonde lange Locken der seine Arme streichelten, er war gänzlich nackt.

Er stieg aus, ohne jegliches Zögern, wie ferngesteuert, als hätte er nur einen einzigen Auftrag zu erfüllen.

Im Vorbeigehen nahm er von der Wand ein Beil ab und begab sich damit zum Schlafgemach der Eltern.

Er köpfte diese im Schlaf, den Kopf des Königs stellte er im Fenster aus und hinterlies diesen im Mondschein.

Den Kopf der Mutter setzte er auf einen Pflock, von dem er zuvor das Beil herunternahm. Anschliessend machte er sich auf den Weg um die restliche Stadt von menschlichen Wesen zu säubern.

Erstmal die Brüder und Schwestern, danach die Soldaten, hinterher die Zivilisten; die Wehrlosen und die Kleinen in den Wiegen.

Zum Schluß tötete er die Durchreisenden, die Gäste in der Schenke waren.

Im Morgengrauen brachte der Wind Glut aus einer unbeaufsichtigten Feuerstelle. In Windeseile verursachten diese einen Großbrand.

Als dieser Mensch langsam sein Mühsahl vollbrachte, begann das Feuer sein Spiel.

Und als alles bereits verbrannt war, loderten die Flammen noch viele Jahre weiter.

Der Mensch verließ diesen Ort durch das Haupttor und kehrte nie wieder zurück. Es trugen ihn die Herrscher der Zukunft: der Wind, der Sand und das Vergessen, fort.

Dibbuk

Er gab sich zu erkennen als ungewöhnlich harder Mensch.

Ich erinnere mich, als er sich, noch zur Studentenzeiten, wie ein Schwein besoff und anschliessend im Suff, die halbe Nacht im Hof herumlag, nur in blanken Hosen und bei klirrender Kälte.

Im Aussehen ähnelte er einem ausgemergelten Gnom, der durch irgendeinen Zufall, aus den Bergen, mitten in der Zivillisation, landete.

Sein Verhalten war eine Mischung aus Wildheit, Unglück und Zärtlichkeit.

Es war in ihm etwas, was verursachte, daß die einen ihn abgöttisch liebten und die anderen abgrundtief hassten.

Ich behielt ihn gut in Erinnerung seit dem Moment, als er die Grenze der Welt überschreiten wollte um auf die Andere Seite rüberzuschauen. Irgendwo außerhalb vom Leben.

Es begann seine Versuche mit dem Aufbau einer Beziehung zu einer selbsternannten Fee, die ein Jahrgang unter ihm war.

Ich bin mir bis heute nicht sicher, ob es ihm wirklich um die Verbindung mit den Außerirdischen ging, oder ob er nur auf diese Weise, irrend zwischen Symbolen und Geschichten, dem Mädel einfach nur an die Wäsche wollte.

Das Ergebnis des Ganzen war; auch mich hatten sie in so eine Geschichte mit Geisterrufen, reingelockt.

Es war schon seltsam zu erleben, wie ein Tellerchen, durch eine magische Kraft, unter deinen Finger, in Bewegung kommt.

Bereits nach der ersten Sitzung gab ich es auf. Mich erschreckten die Erzählungen von Verflechtungen der Aura, Wahn, dem Ringen von Gutem mit dem Bösen. Außerdem sah ich keinerlei Sinn in dem ganzen Gehabe.

Nach einer Zeit erreichte mein Freund so eine Vollkommenheit in den Gesprächen mit den Geistern, daß er dafür nicht einmal mehr eine besondere Stimmung brauchte, oder die Nacht, ebenso keine Fee.

Es reichte ihm eine einfache Streichholzschachtel, die er an die Wand hielt, und diese dann mit ihm sprach, in dem sie in die eine oder andere Richtung wackelte. Nur er konnte den Sinn des Ganzen erkennen. Er sprach mit denen immer und immer öfter, bis die Gespräche mit dem Jenseits zum Sinn seines Lebens wurden.

Auf Empfehlung der Geister behängte er sich mit verschiedenen selbstgebastelten Amuletten und rasselte mit diesen wie ein Verurteilter.

Wenn er garade nicht mit den Geistern kommunizierte, überprüfte er verschiedene Gegebenheiten aus dem Leben dieser Gespenster, mit denen er in Kontakt stand.

Er fand aber niemals deren Bestattungsstätte, auch nichts über sie in der früheren Presse, um die Richtigkeit der Überlieferungen dieser Geister zu überprüfen.

Es sah so aus, als ob die Geister ihn einfach zum Trottel hielten.

Ich verlor mit ihm die Verbindung als er anfing mich zu überzeugen ich solle mich doch der Armee Der Verteidigung Des Guten anschliessen. Diese Armee wollte er den dunklen Mächten gegenüberstellen, die sich angeblich irgendwo über unseren Köpfen tummeln würden und im Begriff waren eine Invasion vorzubereiten.

Ich sagte ab, da ich spätestens jetzt überzugt war, daß die Grenzen des Wahns damit überschritten wurden.

Es war eine große Überraschung, als viele Jahre später, in einer ganz anderen Stadt, an einer ganz anderen Etappe meines Lebens, als bei mir alles bereits geordnet und ich in einem Unternehmen angestellt war, an meiner Tür klopfte, und ER davor stand.

Er sah aus wie immer, und so wie ich ihn bis zuletzt kannte; eingefroren, erstarrt in einem Nichts, oder als ob er in eine Unterführung zwischen zwei Welten reingefallen wäre und in ein paar Sekunden 20 Jahre passiert hätte.

Die gleiche ausgeblichene Jacke, die selben, wie vom Müll aufgelesen und abgerissenen Latschen, das gleiche Greisengesicht, fettige Haarstränge am sich lichtenden Schopf, pickeliges Gesicht, spärlicher Bartwuchs und verottete Zähne mit deutlichen Lücken.

Er rief vorher nicht an, da er meine Nummer nicht hatte und nach Krakau kam er nur, damit er das Interview seines Lebens, mit der Dichterin Wislawa Szymborska, durchführen wollte, mit der er für den nächsten Tag verabredet war.

Ich empfang ihn wie einen Bruder; mit Brot, Salz und Wein.

Beim offenen Kamin erinnerten wir uns an früheren Zeiten, als wir die Geister riefen und probierten zu entwirren die Lebensgeschichten unserer gemeinsamer Bekannten.

Irgendwo in meinem Kopf erklingte die Stimmer meine Firma.

Mir war bewußt, daß ich in der Früh aufstehen und dort hingehen musste, wo ich alles vergessen werde, was Außerhalb geschieht.

Der Gast begab sich nicht ins Bett.

Am Morgen traf ich ihn sitzend an, genau dort, wo ich ihn am Abend davor verlassen habe. Lümmelnd in einem Sessel, die Beine vor sich gestreckt glotze er auf die Decke und sinnierte über einen ein halbes Jahrhundert alten Kronleuchter. Nichts war verändert worden seit dem letztem Abend, sogar die Weinreste standen noch im Glas.

Wir verliessen das Haus gemeinsam. Ich liess ihn hinter mit, rannte eilend die Treppe herunter und hetzte auf Arbeit.

Als ich wieder zurückkehrte stand er mitten auf der Treppe, zwischen den Etagen.

Ich fragte ihn was passiert ist. Er sagte nur, er hätte bei der Szymborska angerufen und das Treffen mit ihr um einen Tag verlegt.

Ich nahm ihn mit in die Wohnung und mich erreichte ein deja-vu.

Der nächste Abend und der nächste Morgen, sahen genauso aus wie am Tag davor.

Ich dachte: irgendetwas stimmt hier nicht.

Ich suchte die Telefonnummer heraus und rief die Wisia an.

Es stellte sich heraus, sie verstarb bereits vor ein paar Jahren.

Ich nahm auf Arbeit Urlaub, fuhr augenblicklich in die Berge und kehrte erst nach drei Wochen wieder zurück.

Er lag auf der Treppe, wahrscheinlich streifte ihn jemand als dieser die Treppe herunter ging.

Der Körper war starr und eingestaubt. Auf seinem Kopf saß eine Krähe, die ihm ein Auge ausgepickt hatte und immer wieder probierte dieses zu durchbohren, ohne es zu treffen.

Am nächsten Morgen, als ich herunterlief um auf Arbeit zu kommen, war von ihm keine Spur mehr vorhanden.

Auf der Stelle an der der Körper davor lag übte eine Ratte das jonglieren mit ein paar Weizenkörnern.

Halbschlaf

Am Anfang seines Lebens kam ihm alles groß, ungewöhnlich und unbegreiflich, vor.

Aber mit der Zeit gewann er an Überzeugung, daß im Effekt die Welt sehr begrenzt, oberflächlich und unkompliziert, ist.

Auch insgesamt hat sie nicht sehr viel zu bieten, außer einigen kurzen Atempausen, die immer anschliessend einen bitteren Nachgeschmack hinterlassen.

Er hatte jedoch die Hoffnung, daß die kurzen Atempausen sich irgendwann in anhaltendere Empfindungen verwandeln könnten.

Diese Hoffnung wurde jedoch entgültig durch die drei Penner, die ständig in seiner Wohnung hockten und jeden im Hauseingang ergatterten Cent versoffen, zunichte gemacht.

Diesen Hoffnungsverlusst machte er sich bewußt als er auf dem Weg zur einer seiner Konferenzen war. Er sollte dabei einen Vortrag über die Selbstzerstörung bei den Primaten, halten.

Er sass in der gläsernen Flugzeugkabine und versank in seinen Gedanken, die nichts aber auch gar nichts mit der Wirklichkeit, außerhalb der Glasscheiben, zu tun hatten.

Ihm wurde klar, daß er eigentlich im Grundsatz immer ein Kind blieb; unselbständig, d.h. abhängig von seinen Eltern, der auch Angst vor dieser Selbständigkeit hatte, etwas lasch war.

Er erkannte, daß die Familie sich schon immer, seit er sich nur erinnern kann, an den ruhigen uns sanften Vater anlehnte, bei dem in seinem Umfeld scheinbar alles, wie von selber, sich organisierte.

Irgendeine übernatürliche Ordnung des Universum's in dem es ihm gerade gegeben war zu leben.

Vielleicht aber auch dank denen, die sich immer um seine Belange gekümmert haben. Und so durfte er sich selber Unordnung gestatten: er fällte Entscheidungen im allerletzten Moment, war unselbständig und planlos. Er verlor sich in den Terminen von Verabredungen und lebte nur für den Moment, von einem Tag auf den anderen.

All das nahm ein Ende als seine Eltern ihren Lebensstil umgestellt haben. Sie luden in ihr Haus drei Landstreicher ein, die Namen trugen die so gar nicht zu ihren Erscheinungen passen wollten: Krasinski, Poswiatowski und Jagiello. Sie soffen mit ihnen die ganze Nacht, bis zum Koma. Meistens reinen Spiritus. Bis allen die Gesichter glühten.

Er hielt dies alles aus mit der Hoffung, es wäre nur eine vorübergehene Vernarrtheit Intellektueller in das einfache Gesindel, irgendeine Modeerscheinung. Das Haus aber wurde schnell zur Ruine und verkam zu einem Stall für menschliche Tiere, einem Saustall.

Im Halbschlaf wurde ihm bewußt, er hatte nichts mehr, zu dem er zurückkehren könnte. Diese Erkenntnis war wie für ihn wie ein Blitz, der die Dunkelheit erhellte. Nicht nur nichts zu dem er zurück konnte, aber auch nichts wo er hin konnte. Nicht vor und nicht zurück. Der versoffene Vater war nicht mehr die Säule der Familie. Und er selber war nicht fähig eine sinnvolle Entscheidung zu treffen, nicht mal für ihn selber.

Und – es war wunderbar – er verspürte dabei eine Erleichterung.

Das erste Mal in seinem Leben verspürte er keine Angst. Die Spannung die ihn immer begleitete, ließ nach, und die Furcht, daß er nicht zurecht kommt.

Jetzt taute seine Angst wie das Eis in der Frühlingssonne, sie verließ ihn definitiv, entgültig und unstreitbar. Die Verspannung seiner Muskeln verschwand und er versank in sich selbst wie in einem Sessel.

Alles verlor an Bedeutung. Sowohl die Konferenz als auch der Saustall.

Der Halbschlaf war wie ein böser Traum. Der in ihm vertiefte Mensch war bestrebt ihn zu verlassen, es gelang ihm aber nicht, trotz aller Mühe. Er verlor zwar nicht das Bewusstsein und versank im Tiefschlaf, aber er konnte auch nicht wach werden. Ihn störte das Klopfen der Hundepfoten am Cockpit des Flugzeuges. Unregelmässiges Geklopfe der Fußballen des Hundes an den Kunststoff..Mann konnte davon durchdrehen...Dieses Geräusch war die Ursache dafür, daß sobald sich sein Verstand in die behagliche Dunkelheit vertiefte, das Geräusch ihn wieder in die Halbwache beförderte. Nach einigen hunderten Malen, verspürte er wieder diese Anspannung. Der Hölle des Halbwachseins erfasste ihn gänzlich, bis hin zur Gehirnschmerzen. Die halboffenen Augen sendeten dem schmerzhaften Gehirn Bilder von einer sich drehenden Wirklichkeit ausserhalb dem Cockpit, einer in Windeseile näherkommenden Erde, eines sanft streichendenen Federflügels. Und alles erlosch, brach in sich zusammen. Es blieb stehen. Es blieb aus.

Herumtreiber

Mit einer, an das Tor einer alten morschen und baufälligen Scheune, plattgedrückten Nase, beobachtete ich die Welt ausserhalb, so lange, bis ich im Schein des Mondes Menschenschatten sehen konnte, die Straff in meine Richtung eilten.

So schnell, wie es nur ein Neunjähriger konnte, kletterte ich auf einen Heuhaufen und kroch in ein Wandknick zwischen Dach und Mauer, einem perfekten Beobachtungspunkt.

Neben mir lag ein Katzenwurf, die Kleinen waren noch blind und hilflos und miaukten leise vor sich hin.

Für die Suche nach einem anderen geeigneteren Versteck war es bereit zu spät, da in diesem Augenblick einer von diesen Schatten es schaffte, das Tor mit einem einzigen Fußtritt zu bersten und einen menschlichen Sack, in das Innere der Scheune, reinzuwerfen.

Der Schatten rutschte langsam hinein, hinter ihm schob sich ein Mann mit einem Spaten hinein, den er in den Scheunenboden hereinstach.

Noch bevor sich dieser von den Knien aufrichtete, füllte sich der kleine Raum noch mit anderen Schatten, in Mänteln und in Anzügen. Sowohl der, der lag, als auch die in Anzügen, sahen aus wie Ausserirdische. Nur der Mann mit dem Spaten war einer von uns aus dem Dorf, denn nur bei uns trug man solche Kappen, aber ich konnte nicht erkennen wer es war. Nur an seinen Bewegungen konnte ich vermuten, daß es wohl einer von den Kuks-Brüdern, diese wohnten Am Ende unseres Dorfes, war.

Der Mann fing an mit dem Spaten den Scheunenboden aufzureissen um an die Erde zu kommen. Anscheinend wollten sie hier die Leiche verstecken.

Vor meiner Nase flog plötzlich eines der Kätzchen vorbei und platschte auf den Boden.

Die Schatten fingen an blind zu schiessen, die Kugeln pfiffen nur so um meine Ohren.

Plötzlich stand alles still. Eingeschmiegt in den Spalt zwischen Mauer und Dach wäre ich gerne unsichtbar oder wäre weingstens einer dieser Kätzchen, geworden.

Ich spürte meinen nahen Tod und wollte das alles was um mich geschah, überhaupt nicht sehen. Ich wollte auch nicht diesen Schatten sehen, der plötzlich hinter der Mauer erschien und seine leuchtenden Augen ein paar Zentimeter von meinem Gesicht auftauchten. Aus den Augenwinkeln sah ich wie die Augen mich abtasten, prüfen ob ich lebe, was ich weiss, wer ich bin und in die entferntesten Winkeln meiner Seele eindringen. Dieser Blick ging durch mich durch und ich konnte nirgendwo wegrennen. Ich spürte diese Art von Furcht die eiskalt durchgeht, die das Erbrechen verursacht, als wenn der Mensch krank wäre. Das ist so eine Art von Angst, die nur dann erscheint wenn die Lage aussichtslos ist und wenn es sicher ist, dass das Schlimmste gleich auf dich zukommt. So eine Furcht ist die Ursache, daß die Seele fiebert und in den Adern Gift statt Blut rinnt.

In diesem Augenblick trennte ich mich von meinem zitterndem und ängstlichen Körper. Ich erhebte mich über mich selber und schaute dem Schatten, der mich durchgehend beobachtete, in die Augen.

Ich fand da nichts außer einer Saite, die auf meinen Blick reagierte und zuckte. Die Augen des Schatten veränderten sofort ihre Form, sie wurden linsenartig wie bei einem Reptil, und der Kopf verschob sich um einige Zentimenter nach hinten.. Es reichte um das Gleichgewicht zu verlieren. Der Schatten kippte um und erdrückte das Kätzchen. Er klebte an dem Boden der Tenne und erstarrte.

Wiederholt wurde geschossen, sie zielten in meine Richtung, verliessen aber langsam den Raum.

Ich schwamm auch hinaus um zu schauen wie eilig es ihnen ist und wie sie Feuer unter die morschen Scheunentore legen. Als die Flammen die Mauer streiften, konnte ich in aller Ruhe in die Welt gehen. Ich habe nie mehr einen Schmerz verspürt und auch kein Leiden. Nur dann und wann überfiel mich die spezifische Krankheit; Furcht, Zittern und Schwitzen an der Seele. Ohne Grund und unregelmässig. Ähnlich wie eine Bewußtlosigkeit. Ich kann nicht sagen was ich außer dem Körper war. Vielleicht nur ein Bewußtsein mit einer wackeligen Identität.

Unter der Scheune befand sich eine einfache Senkgrube – der einzig mögliche Fluchtweg. Als ich wegging konnte ich den Körper nicht sehen; dieser getrennt setzte fort seine eigene biologische Dauer.

Er rutschte von der Leiter herunter und unbemerkt von allen, weil durch die Flammen, den Rauch und das Halbdunkel einer Juni-Nacht bedeckt, tauchte in den stinkenden Brei und schwamm so nach Außen.

Der Körper verlor die Fähigkeit des Fühlens und sein Bewußstsein schien für die Dauer gedimmt zu sein. So, als ob jemand das Licht dimmen würde und die Reize wirkten nur zu 50%. Der Geist hörte auf sich zu entwickeln und verblieb für immer auf dem Stand eines Kindes. Der Seele beraubt wurde er behindert, unfähig unsichtbare Schranken zu überschreiten.

Die Gedanken prallten von den Wänden des begrenzten Geistes und seiner selber ab, unfähig zum Aufbau längerer logischer Züge.

Auf diese Weise verblieb ich und mein Körper für immer in dieser Scheune, obwohl wir da nie wieder zurück kehrten. Wir behielten in uns immer das Bewußtstein des Ortes. Und die Ereignisse der Juni-Nacht zeichneten uns wie eine Brandmarke die Kühe. Wir verblieben für immer Sklaven der Scheune, des Mordes, Abtreibung der Katzen und des Gestanks.

Umwandlung

Mangel

Herr C. lebte schon einige Zeit in Zerrissenheit; es war ihm, in seiner Vorstellungskraft, nicht möglich, zwei widersprüchliche Visionen der Welt, unter einen Hut, zu bekommen.

Es gab Tage da erkannte er die außerordentlicher Schönheit des Alltags und die der verblühenden Frauen, und es war ihm möglich stundenlang auf der Wiese zu liegen und die chaotischen Schmetterlinge zu beobachten.

Es gab aber auch solche Wochen, in der ihm die Welt verdächtig, berechnend, verlogen, pervers und nervös, erschien.

Mit dem Vergehen der Zeit nahmen die Wochen zu und die Tage wurden kürzer, wie eine viel zu kurze Decke an allzu kühlen Tagen.

Bis zu dem Moment, in der die Situation sich komisch veränderte; die heiteren Tage wurden weniger heiter und die schmerzhaften Wochen taten weniger weh.

So lange, bis die Zeit das wurde, was sie in Wirklichkeit schon immer war – eine Dimension, ein Maß für die Dauer, und ein Mittel zur Bennennung der Ereignisse.

Die Dritte Phase kam plötzlich und unerwartet.

Die Existenzielle Beruhigung des Menschen ohne Bedürfnisse und Eigenschaften, unterbrachen die Momente der Leere, die noch beschwerlicher wurden als am Anfang. Sie erreichten ihn so plötzlich wie das Einschlagen eines Blitzes – sie warfen ihn von den Füssen, verhinderten sein vernünftiges Denken, das Atmen, und jegliche Bewegung.

Diese Augenblicke wurden immer und immer intensiver, bis zur Übelkeit und bis zur Bewusstlosigkeit.

Die Rückkehr wurde schwieriger und schwieriger.

Bis der Moment gekommen ist, in dem die Rückkehr sinnlos wurde, weil es gelungen ist, die Angst und den Todesschmerz zu überwinden.

Vorhaben

Der Schaffner näherte sich mit langsamen Schritten dem Haus der Staatlichen Direktion. Er wußte nichts von der verwirrenden Struktur der Stellungen der älteren Berater, Dozenten, Spezialisten und anderer.

Das System der Abhängigkeiten, die Struktur, die Anordnungen und Verbindungen war wohl vom Teufel selber, oder noch schlimmer, wahrscheinlich von einem versoffenen Planer entworfen worden.

In diesem Falle war die Unwissenheit des Schaffners gegen ihn selber gerichtet, aber davon wußte er nichts. Konnte er nicht wissen. So war sein Unwissen ein Teil seines Berufes, seines Seins.....man könnte auch sagen, der Sinn seines Lebens, oder auch ein Teil seiner Definition, die wichtiger war als sein eigenes Sein.

Alles sah beim Schaffner matt aus, angefangen von seiner Uniform die nur von Weitem gut aussah (aus der Nähte sah man ganze Stoffteile abgewetzt), stumpfe Augen, unbedachte Bewegungen und ein verschlossener Geist gefangen in einem Käfig geistiger Beschränkung, zerschlagen durch das eintönige Geklopfe der Räder an die Eisenbahnschienen, die sogar in seinen Träumen rumpelten.

Diese Mattigkeit war sein zweites Ich.

Das alles wäre noch zu ertragen, wenn nicht seine Nachbarn – immer hungrig, zerlumpt, nicht mehr menschenähnlich, lebende Leichen ohne Menschlichkeit, ohne einem Rest von Moral.

Er konnte alles aushalten, aber nicht die Ansicht seiner hungrigen Ehefrau und seiner Tochter, die er zusammengekauert in der Ecke antraf, eingebettet in Lumpen aus alten Uniformen, beraubt der letzten Reste von Lebensmitteln, und mit großen schreckhafen Augen schauend wie Schafe von einem Rudel Wölfe gejagd. Sie sahen aus wie das letzte Abendmahl, nachdem die ganze Meute oder eine Entrückung oder auch eine Vermenschlichung, erfährt. Er konnte es sich selber nicht erlauben weiter diesem Bild zuzuschauen. Es vertrug sich nicht mit seiner Vorstellung vom Vater der seine Familie und sein Heim beschützt.

Diese Ansicht verschlechterte in ihm das Ursprüngliche gegenüber dem Unwissen und der Ursubstanz des Menschen und Beschützer.

Der Winter war heuer mild, aber auch so – das ewige Gesetz der Natur besagt, daß der Winter kalt sein muß. Es bedeutet, daß auch der mildeste Winter kalt und grausam ist, vor allem für Meschen die keine Mittel für Heizung haben, wie die Familie des Schaffners.

Kälte, Hunge, Verlumpung.....Entmenschlichung, Hoffnungslosigkeit...was braucht man mehr um die Sinnlosigkeit und Leere zu spüren...Vielleicht nur der leere Blick eines streunenden Hundes oder Katze, die auch vor Kälte bibbern, und die sich seit Monaten nur von Mäusen und aus den Nestern herausgefallenden Küken, ernähren...

Die Haustür wurde durch das Zuschlagen aus den Angeln gerissen – kein Wunder, das Haus ist im Zerfall. Ein altes, von den Deutschen hinterlassenes Haus, es hätte schon längst abgerissen werden müssen, es gab keine Mittel um es instand zu halten.

Mit langsamen Schritten, unverhofft schnell, erreichte er das Gebäude...Noch ein paar Meter und die letzte Gefahr, daß der Portier in seinem Mäuseloch ihn verjagt, in der Annahme er sei ein Penner.

Zum Glück war der komische Mensch, mit der lächerlichen Pseudo-Uniform mit der Aufschrift "SECURITY" eingenickt, wahrscheinlich holte er die Nacht nach, er lümmelte auf dem Stuhl, die Hände hinerm Kopf, die Füsse auf dem Tisch. Naja, so einem Versehrten (den nur Versehrte stellte man an um Gebäude zu schützen), gehört auch was vom Leben...Und wenn nur dieses Nickerchen, immer wieder unterbrochen durch zuknallende Türen.

Als er in der Nähe des Büro des Diensthabenden war, sah er in den Abgründen der Flure, daß ein zweiter Wachposten in seine Richtung nahte...der zweite war womöglich flotter unterwegs als der erste, er bewegte sich wenigstens....also war er eine Gefahr. Seine Bewegungen widersprachen dem absurden Prinzip, daß nur Behinderte beim Gebäudeschutz zum Zuge kommen...er hätte auf jeden Fall sein Plan unmöglich machen können...ihn aufhalten können....er mußte schnell mit seinem Vorhaben sein.

Der Schaffner schaute in Richtung des Büros für Diensthabende und brüllte wie ein Stier los, gleichtzeitig zog er aus seiner linken Hosentasche eine kleine Flasche heraus, goß den Inhalt auf sich selber, aus der rechten Tasche zog er ein Feuerzeug heraus und zündete es an.

In dem Moment zeigte sich die wahre Eigenschaft des Schaffner's, seine Furztrockenheit. Sofort als die erste kleine Flamme seinen Mantel berührte, fraß sie diesen mit samten Inhalt auf, als wäre es ein Schwefelwürfel.

Die Wächter erblickten ein ungewöhnliches Bild; eine Gestalt leuchtete – gleich einer Supernova – auf und viel zu einem Häufchen Asche zusammen. Es verblieb nur die Asche, ein Schwefelgestank und ein zarter Nebelschleier.

Der vor Schreck erstarrte Wächter fiel vom Stuhl, landete mit der Nase auf dem Steinboden und zerschellte moralisch.

Bis heute weiß keiner worum es dem Schaffner ging und was seine Absicht war nachdem er das Gebäude betrat. Keiner weiß ob sein Vorhaben nicht geglückt ist, oder ob das was er tat, sein eigentliches Vorhaben war.

War er für irgendetwas? Oder gegen irgendetwas? War es familiär oder persönlich bedingt? Ging es vielleicht um einen Mindestlohn? Oder um eine komische Art der Unterstreichung und Definition...Womöglich sogar eine Neu-Definition.

Eines ist aber sicher; das Brandopfer zerstörte in keiner Weise den natürlichen Prozess der unnatürlicher Vermischung der Positionen zwischen den Super- Mega- und der Trans-Dozenten.

Apokryph

Bereits ab seiner Geburt verspürte er seine Anwesenheit.

Hinzu kam ein unwiderstehlicher Eindruck des Beobachtet-Sein und einer ständigen Bewertung.

Manchmal war dieses ein Anstoss zu einem flüchtigen oder auch tieferen Nachdenken über sich selber. Er spürte, dass das Leben einen tiefer versteckten Sinn enthält, den aber ein einfacher Mensch nicht imstande ist durchzudringen, auch wenn er ewig leben würde. Es blieb ihm also nur übrig an diesen Sinn zu glauben und wenn auch unverständlich, so doch ihn zu verspüren, wenn auch ohne jegliche Argumente.

Er hätte also in Ruhe leben können und keiner hätte etwas von seinem Zwiespalt geahnt, wäre nicht sein Appetit auf Fleisch.

Nach 30 Lebensjahren in Eintracht mit den subtilen Regeln der Moral, deren Dasein die Mehrheit der Menscheit nicht einmal ahnt, entschied er sich die vegetarische Lebensweise zu beenden und für die Rückkehr zur Fleischernährung.

Diese Wahl hatte bestimmte Folgen.

Das Fleisch, dementsprechend durch Meister der Fleischeskunst zubereitet, hatte immer einen ausgezeichneten Geschmack. Er ahnte nicht, daß dieses das Ergebnis komplizierter Vorgänge war, das durch das Zutun von verschiedenen Geschmacksverstärkern und Stoffen, die sowohl abhängig machen, als auch die Gesundheit, langsam aber unaufhaltsam, ruinieren, erreicht wurde.

Nach dem Verzehr von einigen Scheiben einfacher Wurst war es unmöglich nicht nach den nächsten Scheiben zu greifen. Andererseits empfand er immer, auch bei dem kleinsten Bissen, einen Ekel. Auf sich, auf die Welt. Dieser Ekel führt letztendlich zur einer Depression und zur Selbsttötungsversuchen. Er wusste sehr gut über die Prozedur des Tötens, der Viertelung und des Mahlens. Es war dabei Zuschauer, und in der Kindheit tötete er auch selber. Jetzt aber, selbst die Tatsache, dass man einem Lebewesen das fühlen kann, das Leben nahm, erfüllte ihn mit Ekel, Angst und unermässlicher Traurigkeit.

Und so füllte jeder Bissen seine Geschmacksknospen mit einem intensiven und schalen Geschmack des Todes und sein Verstand mit Widerwillen und Schuld.

Es scheinte dabei, dass das Leiden eine Gewährleistung für sein eigenes Leben wäre.

Durch den Verzehr von Fleisch fürchtete es sich ununterbrochen dass wenn er nur den Ekel überwinden würde, sein privater Gott ihn töten würde. Zum Glück (sic!), alles deutete darauf hin, dass der Ekel nie aufhören würde und dass eher der Ekel ihn umbringen würde als eine übernatürliche Kraft. Obwohl...bei einer übernatürlicher Kraft kann man es nie genau wissen..

Der Gott überlegte lange wie er das anstellen sollte, damit keiner seinen Anteil dabei erraten könnte.

Wenn die Sache schief gehen würde und das Tun erzeugte bei jemanden einen Verdacht, würden sie wieder reden, daß er ein unfähiger Schöpfergott wäre, vielleicht verlieren manche auch den Glauben und bekommen Angst. Er müsste also warten bis ein geeigneter Moment kommen würde. Es wäre ihm egel, wenn der Mensch keinen Glauben hätte, aber nur alleine diese Tatsache war um so wichtiger, als Gott selber versuchte immer dem Glauben der Menschen gewachsen zu sein. Handeln, aber sich selber nicht offen legen – das ist eine Aufgabe eines Gottes würdig.

Fleisch wurde ein Übergang zwischen den Welten. Der Ort der Begegnung zwischen Gott und Mensch. Einer überwachte den anderen und gleichtzeitig sich selber, so lange bis der Gott gestorben ist.

Dann fühlte sich der Mensch verlassen, fehl am Platze und sinnlos, bis er schliesslich unheilbar schwerrmütig wurde. Ihm wurde augenblicklich die Sinnlosigkeit des Seins bewusst. Sein Leben könnte zu Ende sein, oder auch weiter gehen. Er hörte auf sich zu Fürchten. Da tötete ihn der auferstandene Gott. In dem er das Flugzeug an die Alpen warf. Das Bewusstsein zerschellte an den Felsen und wurde nie wieder wiedergeboren – in keiner Parallelwelt und zur keiner Zeit.

Differenzierung

Im Bus hatte er Zeit, über die letzten Änderungen, nachzudenken.

Die Welt wurde immer fremder und fremder.

Unmöglich noch diese zu bewohnen.

Das vergangene Jahr brachte jeder Tag eine neue unangenehme Überraschung. Oder auch der Körper wurde auf kleine Missgeschicke und Unannehmlichkeiten immer empfindlicher und verfiel deshalb zwangsläufig in eine Deppression und Benommenheit.

Es hängt viel von der Sichtweise ab.

Aber, was hilft eine künstlich heitere Perspektive, von so manchem Spaßvogel erzeugt, wenn trotzdem am Horizont nichts Vernünftiges in Sicht ist. Nichts, anhand man einen tieferen Sinn des Lebens ausmachen könnte.

Die ersten Anzeichen waren noch harmlos. Es verschwand der Hunger....gänzlich....langsam...

Danach kam der Schwund anderer Bedürfnisse, denn es krepierten die Spannungen, die man zumindestens versuchen hätte können, zu reduzieren. Der Körper verschwand biologisch. Er wurde zum Schatten, zum Komma, jemanden seiner Pause im Sein. Einem Augenblich zwischen den Atemstössen.

Der Körper wurde zur Harfe auf dem das Schicksal seine eigenen zufälligen und unregelmässigen Symphonien spielte; die zur schmerzhaften Begegnungen führten mit schmerzhaften Sarkasmen und gegenstandsloser Verachtung grenzenlos Aufgeblasener, die glaubten, sie würden das Wissen besitzen, die sich mit niedrigen Beweggründen rühmten und mit Brocken von Macht.

Diese letzten Wochen seines Verschwindens schläferten seinen Verstand ein.

Jetzt als er im Bus sass, war er allen Bedürfnissen entledigt und mit Sinnlosigkeit verhüllt, er erwachte nur schwer aus der Lethargie...eigentlich wußte er gar nicht wie und weshalb er wach wird..

Plötzlich verlangsamte der Bus, blieb stehen, aber er selber schwebte weiter durch die Luft.

Ein entmenschlichtes und entkörpertes Komma zwischen Sein und Nicht-Sein. Befreit vom Leben und gefangen zwischen den Verkörperungen. Er erstarrte in einer einheitlicher Bewegung noch bevor er verstand, daß er bereits nicht mehr lebte.

Er versackte in einem Spalt zwischen den Ordnungen, aus denen es kein Entkommen mehr gibt.

Gewöhnliche Tage

So genau wußte es keiner wie die Oma gestorben ist. Man sagt - Menschen sterben an Altersschwäche, aber das stimmt so nicht, es gibt immer einen Grund. Irgendetwas versagt den Dienst und hört einfach auf zu funktionieren...

An diesem Tag wurden wir in der Früh wach und sahen die Oma, mit weit aufgerissenen Maul, wie bei einer geöffneten Mülltone, im Sessel sitzen. Sie machte den Eindruck einer Schlaffenden.

Die Komik der Situation harmonisierte nicht mit dem Ernst der Lage, aber die Verknüpfung war einfach nicht zu widerlegen......nur so viel, daß es in dieser Situation nichts lustiges gab, sondern eher etwas Düsteres, als wenn durch den weit geöffneten Mund in unsere Augen ein Abgrund, ein Nichts oder eine Dunkelheit, schauen würde.

Ich und meine Schwester standen vor diesen Tatsachen wie kraftlose unmündige Zwerge, die hier aufräumen müssen, so verlangt es die gegenwärtige Lage.

Es war ein gewöhnlicher Tag, nicht gleich anderen Tagen, aber auch ohne einen Unterschied. Ein Tag grau wie ein alter Putzlappen, weder sonnig noch regnerisch, die Luft war dick, man bekam kaum Atem.

Das Nicht-Sein der Großmutter hatte etwas unwirkliches, etwas unantastbares, etwas papierhaftes...als wäre es eine Papier-Oma... Nichts war verbunden mit Ekel oder Widerlichkeit gegenüber einem toten Körper......wir schauten uns mit der Schwester in die Augen und uns wurde klar, wir müssen die Unwirkliche Oma verbrennen......was könnten wir sonst anderes tun?

Zudem eine hygienische Möglichkeit dieses Problem zu lösen.

Wir waren in Sorge ob der Körper alsbald nicht der Verwesung preisgegeben wird und durch diese Verbrennung würden wir dieses Problem los, bevor es noch richtig zum Problem wird.

Die alten Häuser haben große Kachelöfen, die Feuerstellen darin sind auch groß – mit der Einäscherung dürfte es keine Probleme geben.

Wir mussten gelegentlich den Schürhaken nehmen um den papierhaften Körper flach mittig einzurollen, so daß die Hausschuhe hinter dem Kopf waren.

Diese rein technische Tätigkeiten verbanden sich in uns eng mit einem Gefühl des tiefsten Grauens, Angst, Unsicherheit und dem Zitten im Kierkegaadischem-Sinn...so einem also, das durch Mark und Bein geht, das man nicht mehr los wird ab der Geburt bis zum Ende der Tage...Das ist so eine Art der Furcht, wie bei einer Straftat, die du dir zu schulden kommen lässt, und du wirst dafür gejagt damit du der Strafe nicht entgehst und du bist dir zu 90% sicher, dir gelingt die Flucht nicht und die Strafe wird fürchterlich.

Und ich weis es selber nicht, ob es um eine Strafe für eine Sünde ging, oder wegen der Körperverbrennung, oder eine Strafe dafür daß man Mensch ist oder dafür daß man überhaupt lebt...die Situation war im Unterbewusstsein eng mit der Verbrennung der Körper in

Auschwitz, verbunden......weil doch allein das Wort Auschwitz ein Symbol für die Sünde ist und für den moralischen Untergang.

Der Körper wollte nicht verbrennen. In der Feuerstelle verblieben die angekokelten Beine und Hüfte, man konnte immer noch sehen, daß es menschliche Körperteile waren.

Unsere Angst bekam immer deutlichere Formen, wir sorgten und, daß jemand kommt und diese Stummel sieht....wir wußten aber nicht was tun...die Ahnung der Sünde und der Schuld bestärkten sich und die Luft wurde immer dicker...Es wurde brenzlig.

Wir verblieben so die ganzen Tage mit diesen Stummeln im Ofen, bei jedem Öffnen der Feuerstelle sah man die Spuren unsere Sünde, zu der uns diese Situation zwang.

Wir werden uns dafür verantworten müssen...wir lebten damit die ganze Zeit...oder besser: wir lebten nicht nur mit dem Gefühl der Angst, wenn es jemand entdecken würde, was wir getan haben und welche schwere Strafe uns erwartet.....

wir waren nicht fähig uns vorzustellen...die Schläge, Geschrei, Beschimpfungen..

Vielleicht sperren sie uns in einen Käfig und stellen zur Schau mitten auf dem Marktplatz, damit jeder diese Entartete anschaut...bespuckt und mit Dreck bewirft.

Mit der Zeit haben die Nachbarn immer öfter nach der Großmutter gefragt...wir wußten nicht was wir antworten sollen...wir erfanden Ausreden, daß die Oma schwächelt, daß sie mit keinem sprechen möchte...aber es wurde immer schwieriger die Wahrheit zu verheimlichen.

Eines Tages klopften Verwandte der Großmutter an der Tür. Wir öffneten und standen plötzlich einer versammelten Menge Menschen gegenüber. Wir mussten diese reinlassen....eine Ausrede hätte keinen Sinn gehabt.

Wir wussten: das ist das Ende.

Ein entfernter Verwandter betrat das Zimmer, ging drei Schritte voraus, öffnete die im gegenüber stehende alte knarrenden Tür. Schritt die nächsten zehn Schritte durch den Flur zur Oma's Zimmer, öffnete die Tür des Kachelofen. Er sah – und fing an zu schreien wir ein Irrer. Es began unser Albtraum und unser persönliches, so lange erwartetes Drama.

Buch des Ausgangs

Es deutete nichts Aussergewöhnliches in seinem Leben an, als Herr C, an einem kühlen herbstlichen Tag, seinen Spaziergang antratt.

Vertieft in impressionistische Gedanken, die auftauchten und wieder verschwanden, ging er einfach Geradeaus, ohne sich über die Richtung und das Ziel, bewußt zu sein.

Das Gelände kannte er gut, er hatte dieses bereits früher mehrmals durchschritten. Jeden Augenblick konnte er, über einen Richtungswechsel oder Umkehr, umentscheiden.

Es war also sinnlos irgendwas zu planen, voraus zu bestimmen oder zu begründen.

Besser man überlässt alles der Natur; vielleicht stellt sich eine Ermüdung des Körpers ein, Langeweile, oder auch eine Unterkühlung. Oder aber auch das Schicksal entscheidet selber, in dem es entweder abstossende oder auch einladende Ereignisse, bereit halten wird.

So genau wußte man es nicht, in welchem Augenblick Herr C es merkte, daß er sich plötzlich irgendwie außerhalb der reelen Welt befand....oder auch die Welt schwamm davon und für ihn unereichbar wurde.

Körperlich befand er sich zwar zwischen den reelen Gegenständen, geistig spürte er allerdings keine Verbindung zu ihnen. Weder zur Materie noch zu den Menschen.

Bereits seit Langem wurden seine immer gleichen und eintönigen Tage durch das Gift der Ohnmacht und der Trägheit verseucht, dieses bestimmte letztendlich auch sein Leben.

Es fesselten und schwächte ihn, es brauchte seinen Verstand auf, ähnlich wie es Morphium tut, oder auch eine andere Essenz eines bitteren Wermuts. Es füllte die Zeit aus, durch die Änderung des Raumes in eine Wüste.

Der Schrei konnte nur sterben und stumm werden und alle Versuche einer Rebellion, von vornherein zum Scheitern verurteilt, konnten nur träge und chaotisch werden.

Es ging nicht darum, daß die Welt unmöglich zum Verstehen war. Es war gerade umgekehrt. Die Wirklichkeit war sogar zu deutlich sichtbar, sie wurde fast durchsichtig, wie eine Glasscheibe.

Ab einem gewissen Alter waren alle Themen und Beweggründe vorausschaubar. Dieses verstärkte nur das Gefühl der machtlosen Frustration, die sich letztendlich gegen einen selber richtet.

Begriffe, Grundsätze und Ereignisse wurden unverständlich auf einer viel höheren Ebene. Biologisch und physisch konnte man alles erklären. Es fehlte aber in Allem der tiefere und höhere Sinn.

Wenn die Welt schon einmal aus den Fugen gerät, gibt es keinerlei Möglichkeit mehr zur einer Rückkehr in eine Pseudoharmonie.

In den grossen Puzzleteilen der täglicher Erzählungen und den der totalen Metaerzählungen, fingen an Teile zu fehlen. Später wurden sie immer knapper.

Und dann wurde es schmerzhafter. Ähnlich einem Dorn der im Körper steckt; man sieht ihn kaum, aber er ist da. Man spürt ihn ununterbrochen und man wird ihn nicht mehr los.

Jetzt kann man nur Bestehen oder das Bestehen beenden. Sowohl das Eine als auch das Andere haben keine Sinn.

Der Aufbruch zum kühlen Herbstspaziergang deutete auf nichts Besonderes hin und es passierte auch nichts Besonderes. Man kann schlecht beurteilen ob dieses gut oder schlecht war.

Belassen wir es also bei der Feststellung, er war so lala..

In anhaltender Erwartung

Ich habe keinen Schimmer wie ich mich auf dieser unwirtlichen Erde eingefunden habe.

In irgendeinem Etwas das in der Form einer Mulde ähnelte, einer Vertiefung, einer natürlichen Bodensenke.

Ich kann mich an mich selber erst erinnern ab dem Moment, als ich mich über einen feuchten Stapel Reisig bückte und versuchte diesen zu entzünden, um ein Feuer zu entfachen an dem ich mich wärmen könnte.

Nur in dieser Senke war es möglich ein Feuer zu entzünden, weiter oben fegte der Wind.

In weiterer Ferne, über den kahlen Feldern, die mit Unkraut bedeckt waren, sah man sich hoch türmende Wolken.

Dunkle Wirbel, die immer schwärzer wurden, immer dichter und die langsam aber stets meine Richtung nahmen.

Sie sahen bedrohlich aus, als wenn sie mich verschlingen wollten.

Sie taten es letztendlich nicht, sie bedeckten auch nicht den Himmel über mir und änderten damit den Tag in eine Nacht, sondern blieben so stehen, daß ihr schatten ein paar Meter vor die Senke fiel. Gleich darauf bedeckten sie dem Himmel von der linken Seite...und blieben stehen. So, als ob vor der Bodenlücke undursichtige Wände, die Weiterwanderung der Wolken verhindern würden. Offenbar warten sie auf irgendetwas.

Die Welt teilte sich damit auf eine dunkle und eine helle Seite. Ich befand mich am Rande der hellen, die sich hinter mir und auf meiner rechten Seite breitmachte. Es war sehr interessant; es sah aus als würde ich in einer Ecke stehen, die Dunkelheit brach so, daß die Schatten, die auf die Erde fielen einen rechten Winkel erzeugten, nur ein paar Meter von meiner Hand. Das konnte nicht natürlich sein.

Jetzt konnte man nur auf einen Regenguß aus diesen Wolken warten, oder auch auf Blitz und Donner. Diese kamen aber nicht und ich versuchte weiter und erfolglos das Feuer zu entzünden.

Nach einiger Zeit sah ich am Horizont eine seltsame Erscheinung, die sich leicht über dem Boden bewegte. Erst meinte ich es wäre eine Lichttäuschung durch diese Wolken verursacht, irgendeine Anomalie in dieser Anomalie, aber diese Erscheinung bewegte sich mir immer näher, bis ich schliesslich sicher, daß es eine komische, unnatürlich dünne, fast anorektische Gestalt, auf einer sehr komischen Maschine, die ich so bis jetzt noch nicht gesehen habe, eine Art Luftmotorrad, war.

Ich konnte nicht beurteilen womit ich hier zu tun habe, da die gesamte Gestalt mit einem dichten Overall, mit einem Kopfhelm und Handschuhen, ausgestattet war. Das Motorrad schwamm von den Wolken herunter und parkte gerade mal einen halben Meter über dem Boden, mir gegenüber. Der Mann (das konnte ich bereits anhand seiner schneller entschiedener und kantigen Bewegungen, beurteilen), hüpfte herunter, bewegte sich in meine Richtung und sprang in die Erdlücke.

Er trampelte über das Reisig und kam mir ganz nah. Die Finger seiner Handschuhe waren unnormal lang und in dem schiefen Spiegel seines Helms spiegelte sich die Außenwelt – darunter auch ich selber mit einem unnatürlich grossen und deformierten Kopf. Schon alleine die Spiegelung meiner Nase füllte die halbe Glasfläche.

Er hob sein Helmvisier und ich sah ein übernatürlich faltiges Gesicht.

In meinem Kopf hörte ich seine ersten Begrüssungsworte. Also war es doch kein Mensch. Er verständigte sich telephatisch. Ich konnte kaum verstehen was er sprach, es erreichte mich nicht jedes seiner Worte. Endlich kapierte ich was er sprach, er redetet eben über Verständigungsschwierigkeiten, daß Telepathie nicht unbedingt die optimale Methode zum Gedankenaustausch ist und daß er die Arbeit meiner Stimmbänder spüren müsse.

Wir öffneten unsere Münder. Aus seinem Mund schoss eine lange dünne Zunge. Die Tentakeln an dieser hafteten blitzartig an meinen Stimmbändern. Jetzt verstand ich genau was er sprach. Das Organ triefte vor irgendeiner Flüssigkeit, irgendeiner Ausscheidung die wie Schleim aussah oder auch.......Sperma. Mir wurde dieses klar als in mein Bewußtsein eine Aussage drang, die mit dem Satz beendet wurde "weil ich so schöne Geschlechtsteile habe". Mir drang auch sogleich ins Bewußtstein, daß die zwei Kugeln, die ich in der Tiefe seines Schlunds sah, nicht zwei Rachenmandeln waren, sondern seine Hoden, und das Organ, das meine Stimmbänder berührte nicht nur der Kommunikation dient.

Mich überkam der Graus. Ich merkte wie sich meine Eingeweide umdrehen, ich fiel auf die Knie, hielt mich am Boden fest und übergab mich. Auch die Erde begann sich zu übergeben; mit Sturm und Hagel. Es sah auch als hätte die Hölle die Pforten geöffnet.

Ich verspürte keine Furcht und keine Kälte.

Vielleicht deshalb, weil ich alle meine Innereien ausspuckte und mein Bewußsein befand sich gerade bei ihnen, vermischt mit dem schmutzigen Wasser, elektrisch geladen von den vielen Blitzen und vergewaltigt. Irendwo zwischen dem Herzen, der Leber, den Nieren und der Bauchspeicheldrüse. Eingepackt und vermischt mit Teilen der Gedärme und benetzt mit der Galle.

Die verbliebenen Körperreste waren nur noch eine leere Schale die weiter versuchte sich zu übergeben, die nicht mehr imstande war irgendetwas zu spüren, weil sie bereits das gesamte Wesen ausgespuckt hat. Sie konnte nichts mehr spüren, weder körperlich noch geistig.

Im weiter der Wasserpegel stieg, desto ruhiger wurde es auf dem Grund. Das Bewusstsein versank im Wasser und löste sich im Schlamm auf.

Die Schale des leeren Körpers wurde durch das Wasser fortgetragen und verschwand in eine unbekannte Richtung, wie ein alter Mantel oder auch wie ein treibender Lumpen.

Printed by Books on Demand GmbH, Norderstedt / Germany